中国文学视阈下的
井上靖西域题材小说研究

宋 琳 著

北方文艺出版社

·哈尔滨·

图书在版编目（CIP）数据

中国文学视阈下的井上靖西域题材小说研究 / 宋琳
著 . -- 哈尔滨：北方文艺出版社，2022.5
ISBN 978-7-5317-5502-9

Ⅰ . ①中… Ⅱ . ①宋… Ⅲ . ①井上靖（1907–1991）
—小说研究 Ⅳ . ① I313.074

中国版本图书馆 CIP 数据核字 (2022) 第 050353 号

中国文学视阈下的井上靖西域题材小说研究

ZHONGGUO WENXUE SHIYU XIA DE JINGSHANG JING
XIYU TICAI XIAOSHUO YANJIU

作　者 / 宋　琳
责任编辑 / 暴　磊　　　　　　　　　封面设计 / 优盛文化

出版发行 / 北方文艺出版社　　　　　邮　编 / 150008
发行电话 / (0451) 86825533　　　　经　销 / 新华书店
地　址 / 哈尔滨市南岗区宣庆小区 1 号楼　网　址 / www.bfwy.com

印　刷 / 三河市华晨印务有限公司　　开　本 / 710mm×1000mm　1/16
字　数 / 148 千　　　　　　　　　　印　张 / 10.25
版　次 / 2022 年 5 月第 1 版　　　　印　次 / 2022 年 5 月第 1 次印刷

书　号 / ISBN 978-7-5317-5502-9　　定　价 / 69.00 元

前言
PREFACE

　　井上靖是继川端康成之后担任日本笔会会长职务的著名作家，曾荣膺包括日本最高文学奖项芥川龙之介奖在内的多种殊荣，并获得日本政府颁发的文化勋章。井上靖出生于北海道旭川市的一个军医家庭，中学时代就酷爱文学。大学毕业后，他在大阪每日新闻社任记者、编辑15年，后辞去报社书籍部副部长职务，专心从事文学创作。1949年以短篇小说《猎枪》和中篇小说《斗牛》名噪文坛，后者获1950年第二十二回芥川龙之介奖。井上靖的作品具有鲜明的时代特征，反映了日本社会的各种不合理现象，出版过5本诗集，也写过剧本和美术评论等，但主要成就是小说。井上靖的小说，选取一些有社会意义的题材，对日本社会的种种弊端进行讽刺和抨击，有独特的现实意义和价值。井上靖在日本现代文学领域广受赞誉，有"置座于文坛顶峰的大师"之称。他一生笔耕不辍，留下了大量充满艺术魅力、影响久远的传世名作。他的作品以独特的美学价值、高超的艺术技巧赢得了广大读者的喜爱。

　　井上靖还长期担任日中文化交流协会的主席，毕生致力于推动中日两国人民友好交流，尤其是两国文学艺术界的友好交流活动，是中国人民的朋友。访问中国、了解中国、热爱中国、描写中国是井上靖自然生命和文学生命中的重要构成，以中国历史作为题材的小说是他文学创作中的重要组成部分，《敦煌》《楼兰》《天平之甍》《苍狼》《孔子》等无不是脍炙人口的艺术精品。

　　本书再现井上靖一生的成长和创作经历，侧重于他的文学活动轨迹，以他所写作的中国题材历史小说作为研究的基本对象，探讨作家的创作思想、美学追求和艺术个性，尤其注重展现井上靖的中国情结、西域情结及对于中国历史文学题材的认同，对于读者了解井上靖和他的文学创作，解读和研究他笔下的西域题材的历史小说具有一定的参考和借鉴价值。

　　本书在论证和阐述的过程中，注重拓宽学术视阈，借鉴和运用中国文学视阈下的一些观点，分析井上靖中国题材历史小说创作中所蕴含的、通过小说的叙事得到彰显和弘扬的中国文化元素，尤其是儒家思想，进而以井上靖的西域题材历史小说研究作为契合点，切入文化研究层面，观照、挖掘和概括井上靖先生在审美追求、文化理论建构方面的独到成就，确证他在中日民间友好沟通、中日文学双向互动，以及两国文化、文学交流等诸多方面做出的卓越贡献。

目录
CONTENTS

第一章　绪论

第一节　井上靖文学的研究意义

日本现代著名小说家、评论家、诗人井上靖的一生与中国文化相连接，从学生时代对中国文化的向往，到作家时期中国题材历史小说的创作，再到担任日中文化交流协会会长期间举办的文化交流活动，井上靖以其独特的文化视角和对中国发自内心的热爱，认识、接受、竭尽全力地传播中国文化，在沟通、促进中日文化友好交流等方面做出了重要贡献。在他所处的那个时代，中日文化充满了误解和排斥，真正意义上的对等文化交流存在很大的历史障碍和时代局限。井上靖一生致力于填补这一文化沟壑，希望在两种文化之间搭建起友好沟通的文学桥梁。如果说，自13世纪马可·波罗书写东方游记以来，以中国题材作为创作对象并获得巨大成功、具有巨大影响力的西方作家是美国女作家赛珍珠的话，那么最具影响的东方作家可以说是井上靖了。由于历史的原因，赛珍珠及其创作至今没有得到很好的研究；井上靖的历史贡献和文学价值也尚未得到全面认识与充分肯定，在学术界从没形成如20世纪80年代的"川端康成热"那样的翻译、评介、研究热潮。这与他历时半个世纪倾心尽力地传播中国文化，促进中日友好关系，推动中日两国的文化与文学交流所做的巨大贡献形成了鲜明的反差。蕴藏在他那上百部小说、诗歌、随笔作品中的文化思想，以及他本人在促进中日文化友好交流方面做出的贡献，使他理应成为一位从文学和史学角度给予高度关注和深入研究的重要人物。

中国和日本是一衣带水的近邻，两国人民之间的文化联系更是历史联系久远、现实关系密切。数千年来，中日两国的民族文化及文学创作双向互渗，彼此汲取营养，无论在历史上还是当下的现实生活中无不优势互补，其间也时有摩擦碰撞，虽经曲折却从未中断。通过对井上靖与中国长期、密切的文化交流的个案考察，以期为中日文学和文化关系的整体研究和局部思考提供借鉴。

1961 年，井上靖在东京的宅邸里对到访的中国作家巴金说："我确实是热爱中国的。"1991 年，中国人民对外友好协会在井上靖去世3 个之月后追授其"人民友好使者"称号。

外国作家与中国文化，这是一个跨越民族界限、跨越国家藩篱、跨越语言障碍、跨越文化语境的比较文学命题，这种类型的研究在学术史上普遍存在，并非现阶段新设定的研究课题。事实上，自元、明以降，以基督教文化的率先进入作为表征，西方的各种文化观念和哲学思潮渐次东传，进入中国，东西方两种完全不同的文明之间发生了实质性的碰撞、磨合与融汇之后，"异域作家与中国文化"的命题便清晰地摆到了学界面前，成为不同时期、不同文化情境中一代代学者不断关注和探讨的话题。对外国作家与中国文化之间关系的梳理考察，有助于中外文学与文化关系的总体研究和深入挖掘。可以说，这种个案考察构成了对中外文学和文化关系整体研究中不可或缺的一环：既是整体研究的必要前提，又是整体研究的必然深入。在不同国家、民族间人文交流的过程中，身为文化交流载体和文学作品创造者的文学家、思想家，从来都是主体性的推动力量。不同民族、国家之间的文化与文学交流的历史表明，文学家、思想家、艺术家是促进两族、两国文化交流最具活力和创造性的媒介和主体。外国文学家、思想家、艺术家与中国文化的关系，就是他们与中国文学家、思想家、艺术家等文化主体之间的交流和对话。从这个意义上说，外国文学家与中国文化关系的命题，也可以说是研究人际交流的课题。

　　井上靖在给池田大作的一封信中也曾这样说道："国家与国家之间的文化交流，必须通过人与人之间心灵的接触才得以实行。"通过对作家井上靖与中国的种种文化关联的考察，从中探寻出某些共性，为中日文学和文化关系史的整体研究，为不同文明交流碰撞的总体思考提供借鉴。

　　把井上靖的文学活动置于近现代中日两国文化联系与文学关系的大背景下来考察，可以发现对井上靖文学进行研究具有独特的文化价值。这里需要说明的是，由于文学与历史学对近代文学的概念认识不同，对具体研究对象的评价也不尽相同。例如，对于近代文学从何时肇始，学界便存在着不同的界定和划分，其间有着不小的差异。对于中国近代文学史的范围，从 20 世纪 50 年代开始，逐渐固定为从 1840 年的鸦片战争至 1919 年的五四运动。中国现代文学史的范围，确定为从 1919 年至 1949 年中华人民共和国成立。日本近代文学史的时期划分也是歧见颇多，主要观点有以下两种：一是以政治变革为依据，按历史编年来划分；二是以思潮演变为依据，按流派来划分。以历史编年来划分，一般都将日本近代文学的开篇放在明治维新（1868 年）这一政治事件或天皇年号的更迭上。以流派来划分，一般都将接受西方近代新思潮视为日本近代文学的起点。日本现代文学史以大正十年（1921 年）为起点至今，其间经历了转型期、低谷期、多样化发展期。井上靖的一生经历了日本明治（1868—1912 年）、大正（1912—1926 年）、昭和（1926—1989 年）、平成（1989—2019 年）四个时代。这期间，日本文坛上写实主义、浪漫主义、自然主义等文学思潮交替演变，日本文学完成了从近世文学到近代文学、再到现代文学的转变。这种转变不仅表现在文学概念上，还表现在小说的语言表达及文体等各方面。井上靖通过创作一系列文学作品表明他作为日本现实主义文学思潮中的积极革新者的文学立场。

　　井上靖还是一个真正超越了民族和国界的跨文化传播者。他从学生时代起就对中国文化产生了浓厚的兴趣，在半个世纪的写作生涯里，曾先后 27 次访问中国。他既有日本传统文化的积淀，又受中国

古典文学的熏陶，使他有可能以"双重视角"透视中国文化，从而就两国文化、文学之间的关系问题提出一系列自己独到的见解。更重要的是，井上靖与他同时代的人，尤其是和那些与中国、中国文学相对隔膜的日本民众相比，对中国文化的理解明显要深刻得多，其思想具有明显的超前性。当我们沿着井上靖的文化视角，重新追溯他的心路历程时，可以发现：井上靖与中国和中国文化的关系是一个非常值得重视的课题。他的一生，贯穿着接受、认知和传播中国文化这一主线。井上靖与中国的关系，实际上就是他与中国近现代社会的交流和对话。从这个层面看，我们不能把中国文化、中国思想设想为一成不变的，不能单向的观照，必须进行双向的、互动的考察。对井上靖受到了哪些中国文化的影响，以及怎样接受这些影响进行实证研究，无论从文本所反映的文化思想方面，还是从他所从事的文化传播的业绩方面，都将有助于我们了解他"看"中国的独特视角。进而，通过探寻在接受异国文化过程中因文化背景、思维方式、文化观念和个性特点等错综复杂的内外因素差异而导致的变异性这一文化交流史上的重要现象，具体地揭示井上靖在接受中国文化过程中的独特创见，其文学创作在近现代中日文化交流中带给中国文化与思想的反馈与启迪，以及在与中国友人深入交流时就共同关心的命题进行的同步思考和不同观照。从而，对进一步体验中日文化的异同，领略外国人眼中"中国形象"的视野变化，探讨有着悠久传统、凝聚着民族智慧的文化精神在与异国文化的交流中得到发展的内在规律是大有裨益的。

井上靖是位多产的作家，在其长达半个世纪的文学创作生涯中，共计发表长篇小说 74 部，短篇小说 270 篇，散文诗 462 首，随笔、杂文 2000 余篇。

井上靖的作品曾经多次获奖，因此他被日本文学界誉为"专业获奖作家"。在井上靖获得各种奖项、赢得社会认可并得到读者广泛欢迎的作品中，以中国历史为题材的小说类作品占有相当大的比重。

从 1936 年初次获奖到 1989 年为止，井上靖及其文学作品荣获日本文坛和日本政府颁发的各种荣誉达十数项。其获奖情况如下：

1936 年（昭和十一年）3 月，长篇小说《流转》获得第一届千叶龟雄奖。

1950 年（昭和二十五年）2 月，短篇小说《斗牛》获得第二十二回芥川奖①。

1958 年（昭和三十三年）2 月，长篇小说《天平之甍》获得日本艺术选奖②文部大臣奖。

1959 年（昭和三十四年）2 月，长篇小说《冰壁》获得昭和三十三年度日本艺术院奖③。

1960 年（昭和三十五年）1 月，短篇小说《敦煌》《楼兰》获得每日艺术奖④。

1961 年（昭和三十六年）12 月，长篇小说《淀君日记》获得第十二届野间文艺奖⑤。

1962 年（昭和三十七年）11 月，广播剧《火山》（原名《小磐梯》）获意大利 RTV 广播作品国际会演大赛金奖。

1964 年（昭和三十九年）1 月，长篇小说《风涛》获得读卖文学奖⑥。

---

① 芥川奖：全称为芥川龙之介奖，是为纪念日本大正时代的文豪芥川龙之介设立的文学奖，是由主办单位文艺春秋出版社颁发给纯文学新人作家的一个奖项。现今，主办单位已改为日本文学振兴会。芥川奖以鼓励新人作家为宗旨，是纯文学奖项的代表。

② 日本艺术选奖：是日本文化厅颁发的奖项，1950 年从艺术祭奖分离出来称艺能选奖，1956 年改称艺术选奖。现分为戏剧、电影、音乐、舞蹈、文学、美术、广播、大众艺能、艺术振兴、评论、媒体艺术漫画、动画 11 个门类。

③ 日本艺术院奖：日本艺术院举办的奖项，是为奖励对艺术事业进步做出贡献及创作出优秀作品的人士而设立的。

④ 每日艺术奖：日本每日新闻社主办的奖项，授予在文学、戏剧、音乐、美术、电影等方面贡献突出的人士。

⑤ 野间文艺奖：遵照讲谈社第一任社长野间清治的遗思设立的奖项，由野间文化财团主办，奖项授予纯文学的小说家、评论家。

⑥ 读卖文学奖：是读卖新闻社为复兴文艺发展而设置的奖项。现分为小说、戏曲、随笔纪行、评论传记、诗歌俳句、研究翻译六大项目。

1969 年（昭和四十四年）4 月，长篇小说《俄罗斯国醉梦谈》获得第一届日本文学大奖[①]。

1976 年（昭和五十一年）11 月，日本文部省授予其文化勋章[②]、文化功劳者[③]。

1980 年（昭和五十五年）10 月，因改编自短篇小说《敦煌》的同名电影，与日本 NHK 摄制组共同获得菊池宽奖[④]。

1981 年（昭和五十六年）2 月，获得日本放送协会文化奖[⑤]。

1982 年（昭和五十七年）5 月，长篇小说《本觉坊遗文》获得第十四届日本文学大奖。

1984 年（昭和五十九年）1 月，为表彰其多年来在文学创作方面及国际文化交流方面做出的贡献，授予其朝日奖[⑥]。

1989 年（平成元年）12 月，长篇小说《孔子》获得第四十二届野间文学奖。

另外，井上靖的诸多小说作品还在不同时期、不同国度被改编成影视作品，搬上银幕和荧屏，产生了很大的社会影响。有关这方面的不完全统计如表 1-1 所示。

[①] 日本文学大奖：1969 年由新潮文艺振兴会设置的新潮三大奖项之一。

[②] 文化勋章：1937 年由时任首相广田弘毅提议制订的，授予在科学技术与艺术文化的发展提升有显著功绩者的勋章。

[③] 文化功劳者：授予为文化发展做出显著贡献的人士。1951 年制订了文化功劳者年金法。

[④] 菊池宽奖：由日本小说家、剧作家菊池宽倡导设立的奖项，授予在文化方面有创造性功绩的个人、团体的奖项，每年颁发一次。

[⑤] 日本放送协会文化奖：1949 年，纪念 NHK（日本放送协会）开播 25 周年，NHK 广播电台为表彰在广播文化发展方面做出贡献的人士而设立的奖项。

[⑥] 朝日奖：1929 年，为纪念《朝日新闻》创刊 50 周年而设立的奖项，旨在表彰在人文、自然科学等领域为文化、社会的发展做出杰出贡献的个人或团体。最初名称为朝日文化赏，1976 年改名为朝日奖。

表 1-1　井上靖被影视改编的作品

小说名	电影名	影业公司	导　演	主　演	改编时间
《流转》第一部《炎》	《炎》	松竹制作	二川文太郎	森静子、坂东好太郎	1937 年
《流转》第二部《星》	《星》	东宝制作	二川文太郎		1937 年
《那个人的名字无法说出》	《那个人的名字无法说出》	东宝制作	藤本真澄	山村聪、角梨枝子	1951 年
《哀愁之夜》	《哀愁之夜》	东宝制作	杉江敏男		1951 年
《黄色袋子》	《黄色袋子》	松竹制作	弓削进		1952 年
《战国无赖》	《战国无赖》	东宝制作	稻垣浩	三国连太郎、李香兰	1952 年
《花与波涛》	《花与波涛》	新东宝制作	松林宗惠	上原谦、久慈麻美	1954 年
《昨日与明日之间》	《昨日与明日之间》	松竹制作	川岛雄三	鹤田浩二、淡岛千景	1954 年
《绿的朋友》	《绿的朋友》	大映制作	森一生	根上淳、若尾文子	1954 年
《结婚纪念日》《石庭》	《爱》	新东宝制作	若杉光夫	有马稻子、木村功	1954 年
《黑潮》	《黑潮》	日活制作	山村聪	山村聪、津岛惠子	1954 年
《明天来的人》	《明天来的人》	日活制作	川岛雄三	山村聪、月丘梦路	1955 年
《第二恋人》	《第二恋人》	松竹制作	田晶恒男	菅佐原英一、草笛光子	1955 年
《翌桧物语》	《翌桧物语》	东宝制作	堀川弘道	久保明、久我美子	1955 年
《魔法季节》	《魔法季节》	松竹制作	岩间鹤夫	山村聪、淡岛千景	1956 年
《流转》	《流转》	松竹制作	大曾根振保	高田浩吉、香川京子	1956 年

续 表

小说名	电影名	影业公司	导　演	主　演	改编时间
《涨潮》	《涨潮》	新东宝制作	田中重雄	山村聪、南原伸二	1956 年
《冰壁》	《冰壁》	大映制作	增村保造	菅原谦二、山本富士子	1958 年
《白色火焰》	《白色火焰》	松竹制作	番匠义彰	大木实、高千穗	1958 年
《某个落日》	《某个落日》	松竹制作	大庭英雄	森雅子、冈田茉莉子	1959 年
《守夜的客人》	《我的爱》	松竹制作	五所平之助	有马稻子、佐分利信	1960 年
《伫立断崖的女人》	《伫立断崖的女人》	松竹制作	岩间鹤男	大木实、小山明子	1960 年
《白牙》	《白牙》	松竹制作	五所平之助	牧纪子、佐分利信	1960 年
《青衣人》	《离愁》	松竹制作	大庭英雄	冈田茉莉子、佐田启二	1960 年
《猎枪》	《猎枪》	松竹制作	五所平之助	山本富士子、鳄渊晴子	1961 年
《涡》	《涡》	松竹制作	番匠义彰	佐田启二、冈田茉莉子	1961 年
《恋慕之人》	《恋慕之人》	东宝制作	丸山诚治	原节子、三桥达也	1961 年
《风、云、砦》	《风、云、砦》	大映制作	森一生	胜新太郎、江波杏子	1961 年
《河口》	《河口》	松竹制作	中村登	山村聪、冈田茉莉子	1961 年
《春天余木林》	《雾子的命运》	松竹制作	川头义郎	冈田茉莉子、吉田辉雄	1962 年
《雪虫》	《雪虫》	日活制作	泷泽英辅	岛村徽、芦川泉	1962 年
《忧愁平野》	《忧愁平野》	东宝制作	丰田四郎	森繁久弥、山本富士子	1963 年

续　表

小说名	电影名	影业公司	导演	主演	改编时间
《风林火山》	《风林火山》	东宝制作	稻垣浩	三船敏郎、万屋锦之介	1969 年
《化石》	《化石》	东宝制作	小林正树	佐分利信、岸惠子	1975 年
《天平之甍》	《天平之甍》	东宝制作	熊井启	三船敏郎、万屋锦之介	1980 年
《敦煌》	《敦煌》	东宝制作	佐藤纯弥	佐藤浩市、西田敏行	1988 年
《千利休》	《千利休》	东宝制作	熊井启	三船敏郎、万屋锦之介	1989 年
《俄罗斯国醉梦谈》	《俄罗斯国醉梦谈》	东宝制作	佐藤纯弥	绪形拳、西田敏行	1992 年
《狼灾记》	《狼灾记》	安乐影片有限公司	田壮壮	小田切让、Maggie Q	2009 年

　　井上靖获奖颇丰，其作品也有多部被改编为电影，广受欢迎。然而，即使在日本学术界，全面、系统的井上靖研究也没有得到较好地开展。除研究井上靖文学的权威人士、文学评论家福田宏年所撰写的《井上靖的世界》《井上靖评传》两部专著之外，迄今为止未见有对井上靖文学进行整体研究的著作出现。其他如藤沢全的《青年时代的井上靖研究》、宫崎润一的《青年时代的井上靖——诗人的出发》等著作和论述一般是对于井上靖某一生活阶段的某种文体的创作情况加以概括，或者是以某部作品作为研究的切入点，缺乏整体性的把握和关注。例如，宫崎润一的《青年时代的井上靖——诗人的出发》便是属于传记研究的范畴，该著述从井上靖家族 200 年前的历史作为描述的起点，梳理到井上靖获得芥川文学奖的 1950 年，凡与井上靖或与井上家族有关的事件，只要能搜求考证，无论事属巨细，无不尽行罗列，具有相当强的资料性和文献性，但缺少深入透彻的分析研究。

　　在日本，研究井上靖其人及其文学创作的学术论文大多集中在大型文学学术期刊和大学学报上。从 1935 年木村毅的《选评》到 1995

年高木伸幸的《井上靖初期散文诗论》，相关论文有 260 余篇（不包括文学史，文学事典，各种文库、全集的解说，以及月报类期刊的介绍性文字）。1995 年至今，有关井上靖文学研究的文章多数集中在井上靖纪念文化财团出版的《信鸽》和井上靖文学研究会出版的期刊上。虽然有关井上靖文学研究的论文数量多、视角广、内容丰富，且不乏力作，但是由于文化关注视野的隔膜和异域题材难以得到普遍共鸣与认同等原因，日本学界一直没有对井上靖的中国历史题材小说的文学创作，以及与这些作品相关的文化考察、采风、民间访谈等文化交流活动进行较为全面的研究与系统阐释。

　　本书力求突破以往在井上靖研究方面存在的局限，补白相关研究的缺位与盲区，在作品文本分析的基础上，从文学史、文化交流史的层次和角度对井上靖的创作思想与中国文化、井上靖作品的出版译介与中日两国文化交流进行深入的研究探析。从井上靖作品文本的纵向分析入手，在深入挖掘其作品中所蕴含的深层文化价值的同时，进一步研究井上靖一生与中国的复杂关系及其中国经历，凸显其独特的精神求索轨迹和文学心路历程。由于文学作品与其产生年代的政治、经济，尤其是社会意识形态密不可分，故而井上靖文学与中日两国社会历史联系、井上靖其人与中国文学界整体及与中国作家个体之间存在的双向互动关系，也是本书需要实证性关注的一个方面。因此，本书的内容并不局限于简单的作家作品个案研究，而是将井上靖及其作品置于中日现当代社会的历史文化语境之中，在社会发展进程中去认真地考察和解读，以期呈现给读者更多的文化信息。在世界越来越向全球化、多元化发展的当下，探讨日本的井上靖文学现象对跨文化、跨民族研究在学理和实践两大层面上都有一定的价值和意义。

第二节　井上靖文学在中国的研究

一、中国学界的译介情况

在当下的中国，包括西欧、北美，尤其是俄罗斯文学在内的西方文学的地位和影响远远超过包括印度、日本等国在内的东方文学，在对流派、作家和作品的翻译、介绍、评论和研究方面无不存在着明显落差。但是也应该看到，相对而言，在东方文学范畴内，日本文学在中国的地位和影响却又是超乎其本身在世界文学中的地位和影响的。造成这种格局和态势的原因大致有以下两个方面：首先是中日两国的共同区位都在世界的东方，地理位置紧紧相邻，文化传统比较接近；其次是中国和日本在近现代时期都受到西方社会思潮、科学技术及文学艺术观念的影响，都属于在西方影响和推动下"被动现代化"的国家。一个不争的事实是，自近代以来，中国文学一直处于外来文学思潮的影响之下，其中对中国近现代文学影响最直接的除了苏联文学外当推日本文学。自20世纪80年代以来，中国翻译出版的外国文学书籍中，日本文学史论、文学思潮，尤其是小说类作品的译作在数量上超过任何作为单独个体的西方国家的同类出版物。

在中国，从20世纪八九十年代开始，随着社会的发展和人们思想观念的转变，中国学界对日本文学的译介逐渐呈现出多元化趋势。多角度、多侧面、多流派地介绍日本作家、作品，逐渐成为中国文学翻译界、出版界的共识。此外，20世纪90年代以来，中国的翻译出版界对近现代日本文坛表现活跃的作家群体极为关注，对日本在第二次世界大战结束后出现的各种文学流派及其代表作家的介绍，以及对他们作品的翻译达到了前所未有的高潮。对一些日本著名文学作品的翻译日趋全面，不少名作出版了多种译本，有的作家还被翻译出版了其系列作品。日本大众文学，甚至推理小说和科幻作品也都成为中国翻译界关注的焦点和出版界出版的热点。自20世纪后半期以来，日

本文学领域里原本泾渭分明的纯文学与大众文学开始相互靠近和相互渗透，后来这一现象愈发明显。大众文学题材的多样性、灵活性和较强的时代感也受到中国读者的欢迎，读者的需求对外国文学作品的翻译和出版起到了积极的推动作用。井上靖就是这样一位站在纯文学和大众文学交点上的重要人物，对于中国的日本文学读者和研究者而言尤其如此。

中国翻译出版日本作家井上靖的文学作品始于 1962 年。1962 年第 1、2 期合刊的《世界文学》刊出了梅韬翻译的短篇小说《核桃林》。1963 年第 4 期《世界文学》选登了楼适夷翻译的长篇历史小说《天平之甍》的第五章内容。同年，作家出版社出版了《天平之甍》楼适夷的全译本。1977 年，人民文学出版社出版了唐月梅选译的《井上靖小说选》。1979 年第 3 期《世界文学》刊出了李德纯翻译的井上靖的早期作品《斗牛》。1982 年第 2 期《日本文学》杂志刊出了"井上靖特辑"，收入了《小磐梯》等 3 部短篇小说和《猎枪》等 5 首散文诗。

自此，中国的井上靖文学作品翻译出现了一个高潮。在短短的几年里，井上靖的许多文学作品被翻译出版，包括他创作的以中国历史为题材的全部小说作品。其中，有不少作品甚至翻译出版了多种译本，如《天平之甍》《杨贵妃传》《苍狼》和《孔子》各自都有不下 5 种中文译本，《冰壁》和《敦煌》也都分别出版了 4 种译本。1998 年，安徽人民出版社出版了《井上靖文集》（3 卷本），2002 年人民文学出版社出版了《井上靖中国古代历史小说选》（3 卷本）。

本书力求全面，自 1962 年井上靖第一部中文译本发表至 2002 年其封笔之作《孔子》中文译本的出版，对期间井上靖作品的译介情况进行了全面地搜集整理。

二、中国学界的研究状况

随着井上靖作品在中国不断翻译和出版，有关作家井上靖本人及其创作情况的研究也不断深入。截止到 2010 年 3 月，发表在中国各类学术期刊和学报上的有关井上靖的研究论文有 50 余篇。其中，思想创作综论 10 余篇、比较研究 5 篇、作品论 35 篇。在作品论中，有关《孔子》的评论 7 篇，有关《天平之甍》的评论 6 篇，有关《敦煌》和《楼兰》等作品的评论共 12 篇，另有 10 篇是有关历史小说创作方面的评论。

　　林学锦的《文化交流有耿光——读井上靖先生的〈天平之甍〉》（载《广西民族大学学报：哲学社会科学版》1979 年 01 期），是中国第一篇评论井上靖文学作品的文章。文章主要介绍了作品《天平之甍》的故事内容，并论述了这部作品对中日两国友好交流的意义。1980 年 1 月，发表于《山西大学学报：社会科学版》的陈嘉冠的《友好交往 源远流长——读日本小说〈天平之甍〉》，在对作品中的人物形象进行分析后，进一步探讨了井上靖中国题材历史小说的创作根源。同年，曹汾在《中日友好的丰碑——评井上靖的历史小说〈天平之甍〉》一文中，指出了井上靖小说创作的三大艺术特点："善于抓住最激烈的内心冲突，来展示人物的思想境界；善于透过人物的外表神态，发掘潜在的感情激流，来表现人物的鲜明个性；以精雕细镂的笔触，描绘宏伟的历史场面，再现丰富多彩的生活场景和奇丽的自然风光。"[①]

　　在中国，较早对井上靖的小说进行分类比较研究的是莫邦富的《谈谈井上靖的小说》。文章认为井上靖小说的"第一类是直接以当代社会为题材的小说，多数反映了日本战后青年、中年、老年等各种年龄、各种职业的人的精神面貌及当时的社会情况"[②]，并认为这类作品反映了他的思想观点、政治主张、理想愿望及对日本社会的针砭和暴露；"第二类作品则取材于中日两国人民友好往来、文化交流的历史，或者以中国古代文化历史为题材，这些作品奠定了井上靖作为

---

① 曹汾.中日友好的丰碑——评井上靖的历史小说《天平之甍》[J].西北大学学报：哲学社会科学版，1980（02）：75.

② 莫邦富.谈谈井上靖的小说[J].外国文学研究，1980（01）：81.

历史小说家的地位"[1]；"第三类作品是井上靖在日本文学界的地位逐渐巩固，对社会已拥有一定影响力后写下的私小说"[2]。文章发表一年后，《外国文学研究》刊登了陈嘉冠的商榷文《对〈谈谈井上靖的小说〉一文的几点意见》，文章就这一划分的论点和内容，提出了不同的看法。莫邦富也随即在同一刊物上发表《就井上靖问题答陈嘉冠同志》再次重申自己的观点和立场。至此，有关井上靖的小说创作问题的讨论在中国学界全面展开。其他论述井上靖小说创作的文章还有李明非的《试论井上靖的小说创作》，陈嘉冠的《借石它山遗清馨——试论井上靖的中国历史题材小说》和《温乎如春风凛乎若秋霜——井上靖小说艺术初探》，以及李英武的《试论井上靖的西域小说》等10余篇。

比较研究的范围也很广泛。中日文学同一主题的比较，如于长敏、唐晓雷的《异地同宗的文化硕果——论井上靖的小说〈孔子〉与曲春礼的〈孔子传〉》、周百义的《〈孔子〉：井上靖和杨书案审美追求的异同比较》等。同一主题在不同作家间的比较，如郭来舜的《三"记"的比较研究——卡夫卡〈变形记〉·中岛敦〈山月记〉·井上靖〈狼灾记〉之比较》等。

第三节　井上靖文学在世界的影响

自从川端康成于1968年获得诺贝尔文学奖后，日本作家多次出现在诺贝尔文学奖候选人的名单之上，井上靖即是数度被提名的候选作家。除汉语外，他的作品还被译成数十种文字出版，如英语、德语、法语、意大利语、西班牙语、葡萄牙语、瑞典语、芬兰语、捷克语、波兰语、匈牙利语、罗马尼亚语、保加利亚语、希腊语、俄语、韩语、蒙古语、哈萨克语、泰语等语言。

---

[1]　莫邦富.谈谈井上靖的小说[J].外国文学研究，1980（01）：81.
[2]　同上。

系统、全面地搜集、整理井上靖的作品在世界各国翻译、出版和研究的情况，非笔者力所能及，现仅将搜集到的相关资讯概括如下。

欧美国家的井上靖文学研究者、译者，以各自的传统文化为背景，对井上靖的小说、诗歌、随笔等作品进行了多方面的探索。法国研究者桑德福·戈尔茨旦结合日本文化的历史和现状，比较了日本文学与欧洲文学的异同，对井上靖的小说《猎枪》进行了评析："就像正在消散的轻雾中逐渐露出的河床一样，这个爱情故事，最后显现出完整面貌。诗人又一次展现了猎人的背影，这一背影，揭示了主人公的孤独……小说人物清楚，这个世界并不属于那些充分表露内心冲动的人，清楚每个人在一生中都要小心翼翼地在内心深处保留自己的秘密，还清楚人们越是想要忠实于自己，就越会深深地退入个人的天地，以掩护自己。于是，看来和小说主题无关的标题，成了这一重要主题的象征。"① 这种孤独的情怀在西方引起了共鸣，因此《猎枪》成为图书馆中颇受欢迎的书。

意大利译者阿佐科·里加苏格评论道："井上靖的小说《猎枪》证明日本文学中的一种新颖独特的文采，可与著名电影《罗生门》相媲美。小说从三个不同视点展现了三角恋爱的故事。作品奠定了井上靖的作家声誉，并标志着在欧美无法找到能与之相比的一个文学时代的诞生。"

捷克斯洛伐克的日本文学研究者博恰奇柯娃在《猎枪》的"译者前言"中，详细介绍了井上靖的生平后充满敬意地写道："井上靖小说既有思想深度，又有抒情风味。"② 他还将井上靖誉为"战后日本的忧郁的观察家"。

《猎枪》的德文译者奥斯卡尔·贝尔在"译者序"中写道："在主人公凄凉优美的心灵自白中，我感到一种无法忍受的阴暗……我久久伫立窗边，寒冷的晚风，吹拂着我的脸，我觉得，自己似乎已经醉

---

① 井上靖.猎枪[M].桑德福·戈尔茨旦，译.法国斯笃克出版公司，1963：2.

② 井上靖.猎枪[M].博恰奇柯娃，译.布拉格：布拉格文艺知识出版社，1978：2.

了。凝视着窗户下面幽暗的花园，在那儿，我似乎看到了被小说称之为'干涸的白色河床'。"①

井上靖的历史题材小说，同样受到不少国家的日本文学研究者、译者的瞩目。《天平之甍》《俄罗斯国醉梦谈》《苍狼》《西域物语》等井上靖的作品在许多国家都有译本。

---

① 井上靖.猎枪[M].奥斯卡尔·贝尔，译.德国兹尔康勃出版公司，1964：4.

第二章　井上靖的成长历程

第一节　成长时期的文学培养与洗礼

1907 年 5 月 6 日，井上靖出生在北海道石狩国上川郡旭川町的一个军医家庭，父亲在当地的驻军医院里担任军医。井上家的原籍在静冈汤岛，父亲隼雄本姓石渡，因联姻入赘静冈望族井上家而易姓井上，从金泽医学专科学校毕业进入军界，最后成为少将衔高级医官。母亲系井上家的长女，名叫八重。井上靖出生时因天气原因导致早产，为祈求能健康成长，遂以"靖"字命名以求冲化命道。

出生不久，因父亲常随部队换防，工作地点不时变动，井上靖便随母亲回到汤岛老家。后母亲前往父亲任所，把他交给他曾祖父的妾加乃照管。后来，加乃以八重养母的身份入了户籍。因此，在家里加乃就成了井上靖的庶祖母。把井上靖寄养在庶祖母加乃处原本是井上靖父母的权宜之计，但后来基于多方面原因不得不一直持续下去，而庶祖母则认为有井上家族的长孙在自己身边，精神上有所寄托，也不愿放手。井上靖在《我的自我形成史》一文中用"同盟"一词来形容他与没有血缘的庶祖母之间的关系。井上靖通过庶祖母的讲述，了解到祖父井上洁的事迹及其与恩师松本顺之间的故事。在小说《道多尔先生的手套》里，井上靖以小说的形式描述了祖父与庶祖母之间的爱情及其恩师松本顺的事迹。这段时期的经历在一定程度上决定了井上靖后来的文学思想意识。井上靖曾说，在种种人际关系之中，他最

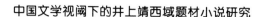

欣赏的是师生关系，认为诲人不倦的先生与学而不厌的学生之间的情感，是永远值得珍惜的。井上靖晚年创作的《孔子》，与其他作家的不同之处是他从一个弟子对孔子的敬仰之情着笔展开情节，其中对孔子与弟子之间关系的描写注入了他对师之敬、对生之爱的感悟。

从小离开父母，井上靖和并无血缘关系的"祖母"一起生活了10年时间。

从童年起终日与隔代老人相依为伴，使井上靖过早体味到了人生的孤独，这种特殊的生活条件，对于井上靖孤独性格的形成和日后以孤独为主要特征的文学风格起到了潜移默化的作用。他生活的汤岛一带，旖旎的风光孕育了他对大自然敏锐的感觉。这对井上靖早期文学的本质——诗人的直觉的形成，起着重要的作用。正如日本评论家福田宏年所说："如果没有这段特殊的童年经历，就没有以后的作家井上靖。"孤独的童年是井上靖早期选择写作抒情性诗歌的重要原因，在很大程度上决定和影响了井上靖后来思想意识的形成。

1914年，井上靖进入汤岛的小学就读。当时的小学校长石渡盛雄是井上靖的伯父。二年级时，姨母美琪到井上靖所在的小学任教。和母亲一样美丽的姨母非常疼爱井上靖，井上靖也喜欢年轻美丽的姨母。或许在井上靖的心目中，姨母美琪不知不觉间已经代替了远在他乡的母亲，进而使井上靖把对母亲的思念转化成了对姨母的依恋。井上靖在早期作品《射程》《冰壁》《风林火山》和《苍狼》中都塑造了年轻美貌的女性形象，当可视为他早年情感中姨母的化身。后来，美琪与同事相爱，怀孕后退职。怀有身孕的美琪为避人耳目，夜晚乘人力车出嫁，不久便患病去世。这一情节，井上靖在自传体小说《雪虫》中有一段优美的描写。这位青春早逝的姨母在井上靖的心中升华，最后发展成为一种永恒的女性形象。

井上靖曾在其随笔《我想写的女性》中写道："我想什么时候在我的作品中写五种类型的女性。第一种类型是油画家岸田刘生的作品《初期手笔浮世绘》中的那类女性，不顺从的表情、杂乱的穿着、扭转着多少有些淫荡的躯体、强烈的欲望，但却有些淡淡的忧愁；第二种类型正好与之相反，是油画家黑田清辉的名作《湖畔》中清纯秀美的女性；第三种类型是法国作家司汤达《红与黑》中的瑞纳夫人，有才气、美貌、优雅；第四种类型是历史上实际存在的女性，丰臣秀吉的侧室茶茶，虽然很多作家都对其进行过描写，但我还是想在几部作品中描写各个时期的茶茶，茶茶是当时当权者最宠爱的爱妾，也是秀赖的母亲，出身近江名门浅井，一生历经波折，最后城池失守，死于烈焰之中；最后一种类型，我想写像唐招提寺中如来佛立身像那般高贵的女性。"① 或许可以说，井上靖的小说《射程》中的三石多津子、《冰壁》中的美那子、《风林火山》中的由布姬，以及一系列中国题材历史小说中的女性形象，如《敦煌》中的西夏女子、《楼兰》中年轻的先王王后、《漆胡樽》中的匈奴女子、《异域人》中的于阗女子、《狼灾记》中的铁勒族女子、《洪水》中的亚夏族女子，以及《苍狼》中成吉思汗的爱妃忽兰，都可以说是这位年轻美貌的姨母的化身。

　　小学六年级时，庶祖母加乃去世。为了考取中学，井上靖来到父亲所在的军队驻地滨松。庶祖母的离世和环境的变化强烈冲击着年少的井上靖的心灵，使他未能考取滨松一中。但是第二年的 4 月他却以第一名的成绩升入中学。入学后不久，在静冈县优等生选拔会考中又获得了一等奖。然而，中学二年级时，由于父亲转任台北卫戍区医院院长，井上靖只好转学到沼津中学，住在三岛的伯母家。也许是缺少双亲管束的缘故，井上靖的成绩一直下降，三年级复读时，被送到沼津的寺院寄宿。也就是在这段时期，他交上了爱好文学的朋友，井上靖心中的文学就这样开始萌芽。自传体小说《夏草冬涛》描写的就是沼津中学时代的故事。作品还描写了主人公性的觉醒和潜在主人公精神世界的自卑感，这些都集中体现在一个乡下长大的少年对都市来的亲戚的家漂亮姐妹表现出来的爱慕与畏缩的复杂情感之中。

　　从创作心理的角度去追寻井上靖文学作品的创作历程，我们依稀可以找到诱发其小说创作的缺失体验。缺失体验是指主体因对生活经

---

① 井上靖 . 井上靖全集：第 24 卷 [M]. 东京：新潮社，1999：483.

历中的精神或物质方面的某种缺失而造成的不平衡的心理体验。缺失是由人的需要得不到满足而造成的，它可以视为作家投入文学创作以弥补这一心理缺失。人本主义心理学家马斯洛曾把人的需要分为金字塔式的七个层次：生理需要、安全需要、归属与爱的需要、尊重的需要、认识需要、审美需要及自我实现的需要。人总是从满足最基本的生理需要开始，不断地去追求更高层次的需要，因此缺失就成为必然。一般来说，作家的缺失越多，其缺失体验就越强烈，缺失激发主体的情感反应和认知活力，使主体的想象力更活跃，从而将自己内心欲望所形成的意象幻化到某一现实对应物，或以虚拟性的文学创作形式替代这一欲望的实现，从而调节缺失的平衡。许多作家的创作动因，都源于本身缺失体验的自发。

如评论家福田宏年所说的那样，"从井上靖的幼年和少年时代来看，我们不得不说他与世间一般的人相比格外特别"。虽然父母健在，但是他却由于某种原因不得不远离父母，与毫无血缘关系的庶祖母一起，在一个仓库中度过幼年时代。少年时期，由于父亲工作经常调动，又不得不离开父母，独自一人度过毫无约束的中学时代。高中时代，又过着禁欲式的柔道生活。井上靖在他的自传和自传体小说《罗汉柏物语》《雪虫》《夏草冬涛》《北方的海》中，对这段时期的经历都做过详尽的描写。《罗汉柏物语》和其他自传体小说有所不同，主人公取名为梶鮎太，而其他三部自传体小说主人公的名字都是洪作（伊上洪作）。在内容上，《雪虫》《夏草冬涛》《北方的海》分别讲述的是洪作小学时期、中学时期和升入高中前后的故事，而《罗汉柏物语》则是以长篇小说的形式讲述主人公梶鮎太的小学时期、中学时期、大学毕业后进入报社，再经历战争和战败体验的成长过程。评论家三枝康高认为《罗汉柏物语》是井上靖本人的成长小说，而龟井胜一郎则认为这正是井上靖文学中"诗与真实"的部分。福田宏年认为，在作品中作家个人的情感与主人公梶鮎太的意识相重合，从这部作品中可以挖掘出潜在于井上靖精神世界的自卑感，而这种自卑感成为井上靖文学的最初萌芽。井上靖在《我的自我形成史》中说道：

"这种自卑感，变换着各种形式，直至后来很长时间都支配着我这个人。"①

1926 年 4 月，井上靖考入第四高等学校理科，并加入了学校的柔道部。井上靖试图改变自己以往的散漫生活，没日没夜地投入禁欲式的柔道练习当中。与中学时代的散漫生活相比，柔道训练是极为严酷的。井上靖在《我的自我形成史》中这样回忆道："我们并不是为了成为有名的柔道选手而练习柔道，只是想以这种方式度过自己的青春。柔道训练比我后来经历的军队生活更为艰苦，但却与军队生活不同，军队生活完全是强制执行，柔道训练却是自我约束。我们的道场就像一座修道院。"也许正是柔道训练这段"修道院"式的生活经历，使井上靖的文学增添了自我抑制的禁欲色彩。然而，三年级时，在柔道练习强度等问题上与师兄发生冲突，井上靖最后从柔道部退出。离开柔道，失去精神支柱的井上靖又将目光投向了久违的文学领域。

在沼津中学四年级时，同是中考落榜生的文学好友藤井寿雄将名为《秋天》的诗拿给井上靖看。这是井上靖人生中第一次接触诗：

> 秋天来了
>
> 铿锵铿锵
>
> 敲击石英的声音

仅仅三行的诗，却使少年的井上靖开始意识到诗的力量，并认定这就是自己文学生涯中"诗的洗礼"②。在那之后的三四年里，也就是金沢高中时代，井上靖接触到室生犀星的诗集《鹤》、萩原朔太郎的诗集《冰岛》，被其深深吸引，并由此逐渐认识到诗的内涵。这对于青春期的井上靖来说是极为重要的事情。井上靖在一次讲演中回忆起这段时光时说道："我一直被室生犀星和萩原朔太郎的诗所吸引，很

---

① 井上靖.我的自我形成史 [M]// 井上靖全集：第 23 卷.东京：新潮社，1999：37.

② 井上靖.井上靖全集：第 24 卷 [M].东京：新潮社，1999：8.

难想象如果没有这两位诗人，我的青春会是怎样。"与井上靖青年时期密切相关的诗集还有三好达治的《测量船》。这三部诗集使青年时期的井上靖认识到真正的诗，并由此与诗结下一生的缘分。

也就是在这个时期，井上靖开始尝试创作诗歌，并向富山县高冈市的诗刊《日本海诗人》投稿。1929 年 2 月，井上靖以笔名井上泰在《日本海诗人》发表第一首诗《冬天到来的那天》。此后，在《日本海诗人》共发表 13 首诗作。11 月，与通过诗刊《日本海诗人》结识的宫崎健三、久凑信一一同创办诗刊《北冠》，共发行三期，1930 年 10 月停刊。这期间，井上靖共发表了 7 首诗，其中最有名的是描写汤岛村庄少女的《惊异》。由此，井上靖开始了他文学自由成长的时代。

1930 年，井上靖进入九州大学法律文学部英文科学习，三个月后便失去求学兴趣，离开福冈，前往东京，住在驹込的花房二楼，沉溺于阅读文学书籍。此时，文学志向已在井上靖的心中基本定型。同年 12 月，井上靖与白户郁之助等人一起创办杂志《文学 abc》。《文学 abc》只发行一期便停刊，在这一期中，共发表 6 首井上靖的散文诗。此后，井上靖还加盟福田正夫主办的杂志《焰》，每天乘京王线从驹込到笹冢的福田家去专心习诗。这段时期，井上靖结识了作家辻润生、萩原朔太郎等人。这两位作家对井上靖的影响极为深刻，井上靖在《青春放浪》和《我的文学轨迹》中都对这两位作家进行过详尽的描述。此后，井上靖还多次参加有奖征文，并多次入选。他曾回忆道："第一次写小说是在高中毕业进入九州大学文科，住在东京驹込的花房二楼时……我用笔名参加《新青年》的有奖征文，小说被采用了。这是我第一次写小说，创作动机完全是为了奖金。现在，那篇小说发表的杂志和当时的笔名已全然忘却了。"经调查，井上靖当时发表的作品名为《谜女》，笔名为冬木荒之介，发表于 1932 年 3 月的《新青年》。第二篇有奖征文小说《夜霭》也在同一时期以同一笔名发表。

井上靖似乎是一个与"获奖"很有缘分的作家，在获得"芥川奖"

进入文坛后，又先后获得"文艺选奖文部大臣奖""艺术院奖""野间文艺奖""每日艺术大奖""读卖文学奖""新潮日本文学大奖"等日本知名文学大奖。而在正式登上文坛之前的文学自由成长时期，参加各种形式的有奖征文也屡屡获奖。

1932 年 3 月，井上靖从九州大学退学，进入京都大学文学部哲学科，受教于植田寿藏博士，专攻美学。虽然进了京都大学，但是几乎没上过课，每天都在吉田山住处附近的小酒馆喝酒。但这期间，井上靖仍在不断地发表新诗。除继续在诗刊《焰》上发表新诗之外，还在诗刊《日本诗坛》《日本诗》上发表新作。此间他还和哲学专业的朋友创办了杂志《圣餐》，虽然也是刊出三期后便停刊，但此时的井上靖对诗的理解和创作手法已经逐渐定型。

1935 年 11 月，井上靖与京都大学名誉教授足立文太郎的长女富美结婚。足立的原籍也在伊豆，与井上家族有亲缘关系。足立文太郎是一位世界知名的解剖学家，他就是井上靖的作品《比良山的石榴花》中老解剖学家三池俊太郎的原型。在生活和治学态度方面，井上靖深受这位老学者的影响。他在《我的自我形成史》中这样回忆道："战争期间，岳父将工作内容分批整理送往国外的大学或图书馆。在外人看来，这是一项付诸一生努力也得不到任何回报的工作，但岳父却没有任何懈怠地继续研究。对岳父来讲，工作之外别无他物，甚至没有时间去考虑生命安危和国家命运等事。"也许可以说，这种严谨的治学态度正是井上家族的传统。除岳父足立文太郎外，井上靖的曾祖父井上洁也是如此，祖父秀雄是日本香菇栽培的先驱。此外，其长子石渡盛雄也是一个有着强烈治学志向的人，他也是井上靖就读的小学的校长。置身于这种环境之中，井上靖对学术自然充满了敬意，并憧憬自己也成为一个有学之人，有识之士。在当时的日本，对学者和学术抱有敌意和轻视态度的大有人在，这在某种意义上与当时的反权威主义不无关联。然而井上靖对学术却怀有敬畏的特殊情感，这也许正是《天平之甍》《楼兰》等与文化史相关的小说得以产生的基础。

1933 年，在京都大学读书时的井上靖囊中羞涩，为得到《Sunday

每日》设立的有奖征文的奖金而开始写作投稿，所幸投稿作品被评为
选外佳作。其后，1934 年以笔名泽木信乃发表小说《初恋故事》，获
得奖金 300 日元。1936 年，也就是井上靖大学毕业的那年，其创作
的小说《流转》获得了第一届千叶龟雄奖（日本大众文学奖项）。小
说获奖后，有两三家杂志社邀请他写大众小说。这对于想赚钱的井
上靖而言，应该是很有吸引力的。但是井上靖完全没有写大众小说之
意，拒绝了杂志社的邀请。正如评论家篠田一士指出的那样："这表
明井上靖与其以文学为求生手段，不如在生活以外的地方，保持自己
文学的纯洁性。"[①]获得千叶龟雄奖后，井上靖在大学毕业后得以直接
进入《每日新闻》大阪总部工作。如前所述，产生于井上靖幼年时期
的自卑感是井上靖文学形成的重要因素之一。而形成这种自卑感的原
因，除前文论及的乡下少年面对都市的畏缩情感之外，另一个原因恐
怕就是三番五次的考试失败。只有读小学一帆风顺，以后无论是考初
中、高中还是大学都几经周折。大学毕业时，井上靖已 30 岁，并有
妻室。这些对一个青年敏锐的感受力产生了不可估量的影响。井上靖
的许多作品中都有对这种自卑感的描写，例如《一名冒名画家的生
涯》就是围绕自卑感这个主题，描写了一个制作名人赝品的画家的足
迹；而《敦煌》中失去考取进士机会的赵行德也可以说是作者本人的
投影。

第二节　青年时期的文学酝酿与发展

1936 年 7 月，井上靖的第一部长篇小说《流转》在《每日新闻》
举办的长篇大众文艺征文中，获得第一届千叶龟雄奖，奖金 1000 元。
据说这 100 多页稿纸的小说是在收稿截止日前两天赶写出来的，表现
的是三弦艺人的故事。当稿子写好后，邮寄已经来不及了，井上靖只
好自己把它送到大阪的每日新闻社。由于《流转》获奖，井上靖得以

---

① 篠田一士，戴彭康.井上靖的文学道路 [J].文化译丛，1982（1）：14.

不经考试正式加入每日新闻社，从此开始了他长达10余年的记者生活，直到第二次世界大战后成为专业作家。

进入报社工作之后，井上靖先是在星期日编辑部，后来转入学艺部。1937年"七七"事变爆发后，他被征入伍，被送往中国北部地区。4个月后，因脚气病发作，被送回日本国内。也许是因为战场经历短暂的缘故，井上靖创作的文学作品很少直接涉及这段经历和战争所带来的感受，这也正是井上靖与日本战后派作家的区别所在。与日本其他的战后派作家们相比，井上靖没有硝烟弥漫、血雨腥风的战场体验，因此也无法从社会的、思想的深度去挖掘战争素材进行创作，而这也正是井上靖文学作品被误读最多的地方。实际上，井上靖撰写过数篇随笔、散文诗来缅怀战时逝去的友人和描述战时、战后感受的文章，但是因为中国学者对其中国题材历史小说过于集中翻译研究，而忽视了这部分内容，导致我们对井上靖的战争观产生了误解。此外，在其创作的中国题材历史小说作品中也能看出其对战争的文学反思，而这部分内容，长期以来一直被中国题材的内容所遮蔽，没能引起学者的关注。

从战场回来的井上靖又返回每日新闻社学艺部工作。学艺部的部长井上吉次郎在当时的日本新闻界和民俗研究界都很知名。井上靖的周围，类似的学者型名人还有许多，他们专业、严谨，井上靖在工作中不能有丝毫松懈。他回报社后先是负责编辑宗教栏目。最初，井上靖担任宗教记者，负责佛教经典解说。原本对于宗教知之甚少，而且毫无兴趣的井上靖，每周必须写一篇关于宗教的文章，因而不得不苦心钻研《般若波若密心经》《华严经》《净土三经》等佛教经典，为后来创作《澄贤房觉书》《天平之甍》和《敦煌》等与佛教有关的小说作品奠定了基础。在担任宗教记者一年后，转而负责执笔美术评论。为了完成工作任务，他相继阅读了大量美术方面的著作，发表了大量的诗评和画论。这一时期，井上靖还到京都大学研究所研究美学，他的美学知识大半是在这一时期积累起来的。他的作品犹如诗歌、绘画中常见的精练的语言、造型和韵律，创造出感人的美的意境。他的小说既有诗的意境，又有画的形象，作品中的人物恍如在平静的画面上跃动，飘逸着浓郁的诗情画意，这对他后来的创作也有很大帮助。报社的工作扩大了他的视野，丰富了他的经历，锻炼了他认识问题和分析问题的能力，为他成为作家提供了必不可少的条件。井上靖原本就感觉敏锐，对绘画艺术具有很强的感受力和鉴赏能力，加之10余年美术记者的经历，进一步磨炼了其后作品中独具特色的"绘画性格"。在探索艺术美的本质特征方面，具有一定的理论和实践经验，进而使他能有意识地按照美学的规律从事小说创作。

对于井上靖来说，创作诗歌、学习美学、担任记者的历练是作家生活的前奏，这三段经历对井上靖后来的文学创作起到了极为重要的作用。诗歌创作使他的文学语言更为凝练，也使他的小说具有一种诗的意境；通过美学的学习，提高了审美情趣，使他能在文学创作中注意贯彻美学原则；长期从事新闻工作、周游日本和世界各地，使他有机会广泛接触社会生活，积累丰富的社会经验，培养敏锐的观察力和迅速处理素材的能力，能在创作小说时将新闻采访积累的各种事件融入小说情节中。作为一名报社记者，强迫性的高速写作，锻炼了井上靖的文字功夫和处理问题的判断能力。

井上靖的新闻记者时代为他日后成为作家积累了深厚的文化底蕴，可以说是其作家生涯的潜伏期和酝酿期。从作家生涯的角度来看，这10年新闻记者时期是井上靖文学创作的空白期，但这段空白并不是毫无价值的。这10年间，井上靖不断地充实自我，静观时局，在最恰当的时机，将长期蛰伏在内心深处的灵感变成一股不可抵挡的力量倾泻出来，一发而不可收，使他能在登上文坛的短短10年内，创作出几乎令人难以置信的大量的优秀作品。可以说，这恰恰是10年积累、沉淀、思考和孕育的必然结果。

第三节 井上靖文学的全盛期

第二次世界大战结束后，井上靖开始在关西地区的诗歌杂志和报纸上发表诗作。经过了近 20 年漫长的文学酝酿与发展时期，他的作品脱颖而出。这一时期创作的诗作几乎都被收入第一部诗集《北国》。这些诗作奠定了井上靖的文学基础，在此基础上构筑起来的小说有《猎枪》《斗牛》等。他在《我的自我形成史》里说明了自己的想法："我非常想表现自己，而这种心理乃是长期在报社一角工作的人必然会受到袭击的热病似的东西，是长期被报社压抑的人所进行的自我反抗似的东西。战后，我动手写诗歌和小说，但既没有打算成为诗人，又没有打算成为作家，只是要以某种形式表现自我而已。"大约从 1946 年起，他开始发表诗歌，到 1948 年共计发表了 20 余首诗。这些诗篇可以说是他 10 余年记者生涯的归结，也是他此后作家生活的起点。在写诗歌的同时，他又动笔写起小说。他所写的诗歌和小说的精神是一致的，既可以说他的诗歌是小说的酵母，又可以说他的小说是诗歌精神的具体表现。

井上靖写作的第一部短篇小说是《斗牛》，时间是在 1947 年 2 月到 3 月之间；第二部短篇小说《猎枪》的写作时间为 1948 年 1 月。井上靖以《斗牛》于 1947 年参加《人间》杂志主办的"第一次新人小说征集"，被列为选外佳作。1948 年，《猎枪》又在该杂志的"第二次新人小说征集"中被列为选外佳作。1949 年，《猎枪》和《斗牛》得以在《文学界》杂志上再度发表，引起了文坛的普遍重视。同年，《斗牛》获得创作文学奖。1950 年 2 月，日本权威文学奖芥川奖评选委员会一致决议，将第 22 届芥川奖授予井上靖的《斗牛》。评选委员会认为，从《斗牛》看出井上靖已经熟练地掌握了小说技巧，充分地具备了作家的写作才能。《斗牛》通过《大阪新晚报》编辑部精心组织斗牛大会最终归于失败的故事，从不同方面表现了主人公津上不易捉摸、耐人寻味的性格特征，成功地刻画了一个现代孤独者的形象。《斗牛》作为井上靖的成名作正式打开了他通向文坛的大门，也是他结束记者生活踏上专业作家道路的开端。1951年，他退出每日新闻社，专心从事文学创作。

从1950年至1960年的10年间是井上靖文学创作的鼎盛期。这10年正值日本战后经济复苏期，继承日本近现代文学传统的纯文学日益失去读者，走向衰落。与此同时，"中间小说"与大众文学迅速崛起，成为日本文学的主流。日本的纯文学主要是继承私小说①和心境小说的传统并发展起来的，一直统治着战前的日本文坛。战后，日本诸多评论家和作家开始重新认识这一文学传统，他们按照欧洲文艺理论及一般文学发展的内在规律，认为这类作品缺乏作为小说的基本条件，不符合小说的基本要求。日本评论家伊藤整认为私小说最大的艺术特点是拒绝虚构，即拒绝艺术概括。私小说走向崩溃的根本原因是其作品丧失了社会性，而这一点恰恰是所有文学流派的生命。面对私小说崩溃的局面，许多纯文学作家向大众文学靠拢。大众文学作品包含小说、戏剧、诗歌等体裁，而并不是一个文学流派的名称。"中间小说"是介于纯文学与大众文学之间，保持某种程度的纯文学特色而又不失娱乐性的一种文学形式。"中间小说"最先发表在报纸上，因此也称作"报纸小说"。20世纪五六十年代，是日本"中间小说"创作的全盛时期。

井上靖的文学作品，正是从纯文学走向大众文学的一种过渡。他的小说，在高水准的读者看来是对纯文学的诠释和普及；在普通读者

---

① 私小说是产生于日本大正时代的一种独特的小说形式。1924年，久米正雄发表《私小说和心境小说》，认为私小说是日本的纯文学，是散文文学的精髓。这一观点引起当时文坛的关注，从此这个名词便被广泛使用。对于私小说的概念，日本文坛一向有广义和狭义两种。广义上指凡作者以第一人称的手法来叙述故事的，均称为私小说。但人们倾向于狭义的解释：凡是作者脱离时代背景和社会生活而孤立地描写个人身边琐事和心理活动的，称为私小说。私小说出现以后，几乎所有自然主义派和现实主义派的作家都写过这种小说。大正末期以来私小说在文坛占据了统治地位，成为日本纯文学的核心，对日本现代文学的发展有很大影响。

看来，是对大众文学的升华。评论家河盛好藏说："希望井上靖能使这种大众文学性质的要素变得更新颖、更深、更广。我确信井上靖的小说会为日本文学开拓出新的领域。"这里所说的"新的领域"，就是指打破纯文学和大众文学之间的牢固界限，克服纯文学题材的狭窄性，摆脱大众文学的通俗性而进行的文学创作。在当时的日本文坛，井上靖以"中间小说"作家的身份迅速提高了知名度。他的作品既不失纯文学的气质与水准，又具有娱乐大众的情节和特色，从而赢得了"有良心的中间小说"之美誉。

在 20 世纪 80 年代的日本文坛，诺贝尔文学奖候选人中呼声最高的就是井上靖。但井上靖有一个致命的缺点：他是介于严肃作家（纯文学作家）和通俗作家（大众文学作家）之间的作家。40 多年来，诺贝尔文学奖可以授予一个历史学家、哲学家或政治家，但从来没有授予一个通俗文学作家。对此，当 1991 年井上靖去世，一些报纸采访后来的诺贝尔文学奖获得者大江健三郎时，大江健三郎就曾直言不讳地说过："井上先生不是一个思想深刻的小说家，也不是一个感觉锐利的诗人。可是，他一旦展开故事，其小说、诗便都呈现出独特的魅力。"可以说，大江健三郎的这番话，是对井上靖作为"中间小说"作家及其作品做出的最好的评价。正是井上靖的小说和诗的这种"独特的魅力"，才使井上靖及其文学创作具备了不朽的思想和艺术价值。

1954 年发表的《明天来的人》奠定了井上靖在日本文坛的地位，而巩固其作家地位的作品则是 1956 年连载于《朝日新闻》的长篇小说《冰壁》。《冰壁》在当时的日本文坛引起了不小的轰动，并获得 1959 年日本艺术院奖。这部小说的成功，标志着井上靖的"中间小说"创作达到了顶峰。在这类小说作品中，著名的还有《射程》《榉之木》《夜之声》《比良山的石榴花》《一名冒名画家的生涯》等。这些题材多样的"中间小说"，主题和形式都达到了成熟的程度，从而确立了井上靖小说的定式，将他的"中间小说"创作推向了高潮，井上靖的"中间小说"创作，为战后日本"中间小说"全盛期的到来做出了历史性的贡献，也进一步巩固了他在战后日本文学史上不可动摇的地位。

第三章 井上靖的文学视阈

第一节 井上靖创作中的"白色河床"

如前所述，井上靖的小说既有诗的意境，又有画的形象，作品中的人物恍如在平静的画面上跃动，飘逸着浓郁的诗情画意。井上靖的许多作品都突出了静谧的绘画式场景，并且轮廓十分鲜明和清晰。《比良山的石榴花》中描写的比良山山坡上盛开着一大片白色的石榴花，《记忆》里伫立在车站栅栏旁黑暗处的父母形象，《漩涡》中熊野滩鬼城岩礁间的漩涡……这些清晰的场景不仅是一幅幅画面，还是作者诗意的心理形象的外化，而贯穿这些心理形象的正是作者独具的文学绘画气质。在文学创作中，井上靖把一个个鲜明而清晰的场景升华为种种意象，凸显作品的主题和主旋律。

在这些绘画般的形象中，最具代表性的是散文诗《猎枪》中的"白色河床"。"即使如今我置身在都市杂沓之中，有时也会猝然想起要像那个猎人那样行走。徐缓地、沉静地、淡漠地在窥见人生的白色河床的中年人的孤独精神和肉体两方面，同时增加逐渐渗入似的重量感的，不仍然是那支擦亮了的猎枪吗？"[①]

"白色河床"是在生命的进程中寻找自我坐标的中年男子的心灵的折射。井上靖把人生喻为一条干涸的"白色河床"，从处女作《猎

---

① 井上靖.我的自我形成史 [M]// 井上靖全集：第23卷.东京：新潮社，1999：39.

枪》《斗牛》到绝笔之作《孔子》，其共性就是这人生的"白色河床"。它所营造的孤独悲凉的氛围，如同一根主轴始终贯穿井上靖小说创作的主题之中，并形成井上靖文学的原型。

"白色河床"所代表的孤独是从何处产生的？井上靖写过一个短篇小说《弃母山》，探讨了家族中脱离现实之心与世袭的"遁世之志"的关联。井上靖身为军医的父亲井上隼雄，晚年几乎足不出户地在乡下度过了30年的余生；母亲曾透露过想被弃于弃母山的意愿；妹妹婚后有两个孩子，却不知为何一个人从婆家跑了出来；弟弟在报社工作得一帆风顺却突然辞职，归隐田园。另外，井上靖的曾祖父井上洁，50岁时辞去了军医职务回到乡下。井上家族的"遁世之志"可谓代代相传，如果追溯井上家族的家谱，可以找到很多这样的人。井上靖在《我的自我形成史》中回顾自己的新闻记者生活时做过这样的评价："报社这种工作环境中杂居着两种人，一种是有竞争之心的人，另一种是完全放弃竞争的人。我从进报社的第一天起，不管是喜欢还是不喜欢，都不得不放弃竞争。"[1]井上靖用"放弃"一词来表达他的"遁世之志"。《一名冒名画家的生涯》中的主人公和《敦煌》中的赵行德都是所谓放弃人生的人。另外，井上靖在《我的自我形成史》中还谈道："我敌视父母对人生的保守态度，应该一直与之斗争。"这种激愤表现在《斗牛》《黑蝴蝶》和《射程》等作品中。日本文学界通常根据《猎枪》和《斗牛》这两部处女作，把井上靖的作品分为两种类型，这正像一个盾牌的表里两面：《猎枪》代表遁世的世界，《斗牛》代表行动的世界。它们是井上靖内心世界充满矛盾的两大对立面，暗示着井上靖内心遁世传统与反抗行动之间的相互作用，从而形成井上靖小说的整体特征。福田宏年这样分析道："《猎枪》系列的作品所表现的背向世间的孤独姿态，与《斗牛》系列所反映的行动人要素，绝不是彼此对立的两个要素。换言之，他正因为背负着孤独与虚无的荫翳，才不顾一切地奔忙于行动。"[2]

---

①　井上靖.猎枪[M]//井上靖全集：第1卷.东京：新潮社，1999：24.

②　福田宏年.井上靖评传[M].东京：集英社，1991：178.

"白色河床"的主题如一阵清风，吹入第一次世界大战后由黑暗主题主导的日本文坛，引起了广泛的关注。

"白色河床"所象征的精神状态并不是近代意义上的虚无主义，也不同于佛教的无常观，更不是单纯的保守观念，而是深潜于内心深处复杂的命运光芒的折射，是人的生命原型的凝结，是诗人井上靖气质的核心。在井上靖的作品中，视人生为一条干涸的"白色河床"的观念和主题不断深化发展，进而在历史小说中发展和延伸为对历史人物、民族走向及国家命运的探索。这类主题的历史小说由先驱作品《玉碗记》《异域人》《僧行贺的泪》等短篇，拓展到《天平之甍》《孔子》等长篇。

作品《天平之甍》刻画了五个留学僧到中国邀请唐朝高僧鉴真和尚东渡日本的过程，超越个人意志与自然和命运搏斗的形象，可以说是"白色河床"发展深化的叙事诗。在作品《楼兰》中，这种手法体现得更为彻底。罗布泊湖以 1500 年为周期向沙漠中心移动，而楼兰正是罗布泊湖移动时被沙漠掩埋掉的一个小国。这本身就具有的超越自然和历史的难以抗拒的诗意。作品中的人物在历史长河中渐渐淡去，而民族、国家、历史的命运却给人们留下了永恒的思考。井上靖在耄耋之年创作的《孔子》里依然横亘着这一条干涸的"白色河床"，而且在历史和文化的沉积中更加成熟、深刻。《孔子》所表现的"白色河床"，汇集和深化了从《猎枪》的"河道"里流淌出来的各种人物形象，是将个人、民族、国家的命运置于历史长河中进行的人生总决算。

第二节　井上靖创作中的"诗与小说"

在日本近现代文学家中，同时进行小说和诗歌创作的作家不乏其人。例如，明治文坛巨匠森鸥外，除小说创作之外，在诗、短歌[①]、俳

---

① 短歌，日本和歌的主要歌体，句式是"五、七、五、七、七"，5 节 31 音，属于抒情短诗。

句①等领域都有建树。此外，这类作家还有岛崎藤村、室生犀星、芥川龙之介、伊藤整、井上靖、野间宏、加藤周一等。

在群星璀璨的日本近现代文坛，井上靖是独具特色的。首先，井上靖一直有意识地用散文诗这种文学形式进行创作。在诸多文学体裁中，散文诗形式最为自由。而偏于主观与内向，又是散文诗的一大特征。这种文学体裁，对于性格内向且血性激荡，创作上力求高雅而又不失轻快的井上靖来说，无疑是一种再合适不过的文学形式。其次，井上靖的小说与诗并行创作的时间很长，几乎贯穿其整个作家生涯。文学酝酿与发展时期的诗歌创作与有奖征文投稿几乎同时开始，创作叙事作品《猎枪》《斗牛》的时期也正是其诗作兴盛期，1946 年 5 月到 1948 年 11 月，在创作《猎枪》与《斗牛》的同时共发表散文诗27 篇。诗的因子和小说的故事性并行，构成井上靖文学的重要因素，也是解开井上靖文学全貌的一把重要的钥匙。

井上靖创作的散文诗内容相当丰富，叙述人生、激励青年、怀念老友、追忆往事、引申经典、歌颂自然、感慨世事，还有引人遐想的访问遗迹、考古纪游的诗，题材多样，不一而足。其中，有真实的描绘，也有虚构的幻想；有真挚的赤诚，也有讽刺的戏谑。井上靖除了注重诗的内容、旨意、遣词之外，对诗的形态——诗体的要求更是严格。他在《全诗集》的后记中说："这次全诗集中，除去收录了以前5 本诗集的作品之外，更把近作《西域诗篇》和《拾遗诗篇》也新加了进来，这是我直到今日（1979 年 10 月）的全部诗作。此外，还有60 余篇创作初期的作品，但那是我创作方法尚未定型时的作品，现在重读之时，觉得那些诗似乎是我的作品，又似乎不是我的作品，虽然那些确是我自己所写，但是严格地说起来，那些都是我作为诗人出发之前的作品，这一时期的作品，我在以前的 5 本诗集中未曾收录，现在，在这本全诗集中也不予收录。"②

---

① 俳句，日本古典短诗，由"五、七、五"共 17 个音组成。

② 井上靖.井上靖与其《诗之世界》[M]//考古纪游.乔迁，译.台北：九歌出版社，2001：6.

这些被摈弃在外的 **60** 余首初级诗作，之所以被摈弃是由于这些作品都是井上靖"诗的创作方法尚未定型时的作品"。换句话说，也就是这些作品尚未具备井上靖诗歌的风格特征。仅就形态而言，井上靖诗的风格特征是采用了散文诗的形式，同时在书写或印刷时，每行字数相等，中间很少分段或节，并且排列整齐。

井上靖认为散文诗是一种最纯粹地表达人类经验的体裁。在散文诗中，井上靖常以冷彻的目光透过表层，去深入挖掘现代人心灵深处的忧愁与悲苦，以及无法摆脱的孤独——潜藏在人生暗淡底层的"白色河床"。从整体上看，井上靖的诗没有激越的感情表白，也没有强烈的主观呐喊，只是以冷静达观的形式，在沉静、客观及抑制感动的形态中，低吟难以名状的人生真实。他的诗，结构缜密，古朴典雅，且极富绘画之美。井上靖的文学活动就是从散文诗的创作开始的，并终生致力于用散文诗为小说遣词造境。

1958 年，井上靖的第一部诗集《北国》由东京创元社出版，在日本文学界引起轰动。宫崎健三评论说："从这本诗集中可以看出井上靖的创作实力，他不是个流行作家，而是位诗人，是位卓越的诗人。"①西胁顺三郎也称赞井上靖为"卓越的诗人"②，并认为"如果就形体来说，井上靖的诗如韩波的那般优美，又如同波德莱尔的诗那般抒情"。大冈信也给予井上靖很高的评价，他说："可以说，井上靖绝不是将诗作为激昂感情的表白来把握，相反，他在更广泛地捕捉诗这方面取得了成功……井上靖开发了这样一种诗法，即将诗隐藏在乍见是客观的、抑制感动的形态之中，使之不受伤害。从根本上说，俨然存在一种关于诗形的讽刺的认识。稍微夸张地说，这是对日本现代诗史的一种挑战。"③

---

① 井上靖.《星阑干》与井上靖的"诗业"[M]// 星阑干.乔迁，译.台北：九歌出版社，1999：21.

② 井上靖.井上靖与其《诗之世界》[M]// 考古纪游.乔迁，译.台北：九歌出版社，2001：9.

③ 大冈信.诗人井上靖——主题与方法 [M].东京：新潮社，2001：190.

　　继《北国》之后，1962年12月新潮社出版了他的第二部诗集《地中海》。其后，诗集《运河》（筑摩书房，1967年6月）、《季节》（讲谈社、1971年11月）、《远征路》（集英社，1976年10月）、《井上靖全诗集》（新潮社，1979年12月），以及《干河道》（集英社，1984年3月）相继问世。1988年6月，新潮社出版了他的限量版诗集《旁观者》。1990年10月，集英社出版了他的诗集《星阑干》。不论是有意识的还是无意识的，这些诗集中的诗作是井上靖各个文学创作时期的总结，也是他从事小说创作活动的原点。因此，研究井上靖的文学轨迹，不能忽视作为其文学有机组成部分的诗作群。

　　河盛好藏说："井上靖的诗是他小说的酵母，井上靖的小说是他诗的释义。"这句话恰如其分地阐明了井上靖的诗与小说的关系。井上靖的散文诗与他的小说，在本质与文体方面是有密切关系的。这一点，可从他的第一部散文诗集《北国》中看到明确的迹象。

　　井上靖在第一部散文诗集《北国》的"前言"中说道："我这次认真地把笔记重读了一遍，发现自己的作品与其说是诗，还不如说是被关在一个小箱子里逃不出诗的范围。"[①]当然这是对自己作品的一种极度谦虚的评价，但从中却道出了井上靖从诗歌走向小说的秘密。事实上，井上靖创作了很多与诗同名的小说作品。例如，散文诗《猎枪》发表于1948年，同名小说发表于1949年；散文诗《比良山的石榴花》发表于1946年，同名小说发表于1950年；散文诗《漆胡樽》发表于1947年，同名小说发表于1950年；散文诗《流星》发表于1947年，同名小说发表于1950年。同名散文诗和小说在内容的结合上各有特色，还有很多散文诗和小说虽不同名，但在内容上却有着深层的关联。

　　井上靖文学的起点可以说是散文诗。从散文诗引出小说，都直接取材于现实社会，具有强烈的现实主义倾向。散文诗《猎枪》置于小说《猎枪》的开篇处，表明这首散文诗的主题贯穿整篇小说。

―――――――――――

① 井上靖.井上靖全集：第24卷[M].东京：新潮社，1999：3.

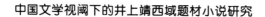

　　后来，在都市的车站或者繁华街道的深夜，我有时也会猝然想起要像他那样行走，徐缓地、沉静地、淡漠地……每当这时，在我的眼睛里，猎人的背景不是那初冬的天城，而是一条冷寂的白色的河床。一支闪闪发亮的猎枪以同时渗入中年人孤独的精神与肉体般的重量感烙在肩上，放射着瞄准活物时绝对没有的、不可思议的血腥之美。

　　散文诗中的主人公三杉穰介，用三封书信说明了 13 年婚外恋的感情纠葛和结局。这三封信分别出自三位女性之手，通过哀婉悱恻的文字，如泣如诉地道出难以言状的恩爱怨恨。爱与憎永远都伴随着生与死。三封信的主人把长期郁积在心底的痛苦和烦恼，把无尽的爱恋、悲伤、歉疚、懊悔的情感倾诉于这个男人，以便使自己从令人筋疲力尽的爱情中摆脱出来。三杉穰介可以说是"白色河床"的化身。他不但现在孤独，而且经常孤独。这 13 年如梦幻般虚无缥缈，糊涂暧昧，唯一的现实就是肩背猎枪沿着苍白干涸的河床踽踽独行。正如小说最后所说，这三封信究竟意味着什么，通过这三封信他知道了什么？他未必能从中得知新的事实，他不是早已看穿她们的原型了吗？被妻子、情人、情人的女儿抛弃的结局是中年男子孤独行进的最后归宿。虽然他背着能"断送动物生命的、泛着白光的钢铁器具"——"丘吉尔式双筒猎枪"，身着"冷酷的武装"，但是在命运面前依然是个无可奈何的孤独的弱者。而这孤独也深深地"烙"着作者自身的影子，因此才更加显示出难以承受的"重量感"。①

　　《斗牛》把舞台置于战后动荡混乱的时期，通过主人公津上组织斗牛比赛，展开人与人之间的钩心斗角、尔虞我诈及情感纠葛。斗牛和爱情在整个作品中交叉重叠，相互促动，相互制约，相撞相克，又相辅相成。事业与爱情的矛盾，冷酷与温馨的对峙，绵密细微，扣人

---

① 井上靖.猎枪 [M]// 井上靖全集：第 1 卷 . 东京：新潮社，1999：494.

心弦。当然，斗牛也好，爱情也罢，始终出于为金钱而疯狂的社会所造成的人心裂变。津上的性格是战后一大批人焦躁、迷惘、不安、盲目的精神状态的缩影。无疑，其中也隐藏着作者本身的影子。津上表面精力充沛、聪明能干，属于行动型的人，但他的内心深处始终潜藏着一种虚无，即使在情人的怀抱里，也不会让自己和对方的灵肉充分燃烧。冷漠，应该说是冷酷，使他的眼睛始终保持着近乎残酷的冷静和清醒，那是双"令人不堪忍受的冰冷的鱼的眼睛"。津上把全部的热情和精力投入到事业上，然而，他并非像事业家那样出于一种积极的动机，而是向自我心中的虚无挑战。因此，从另一个方面看，津上表面上的行动人性格其实是"白色河床"中孤独的异化形式。从这个意义上说，《斗牛》中的津上和《猎枪》中的三杉穰介都是背负着"白色河床"的"孤独人"。比较这两部作品，正像山本健吉指出的那样：井上靖的《猎枪》和《斗牛》在他的作品中成为两种倾向的原型。当然，两种倾向在一部作品里难以截然分开，因此机械地分类反而会引发错误。不过，大致地说，《猎枪》是井上靖抒情性作品的原型，《斗牛》是井上靖叙事性作品的原型。不论是哪一种类型，"白色河床"都是一条主线，其区别在于"遁世式态势"和"行动式态势"。

　　井上靖虽然是以小说创作立足于日本文坛的，但是在文学萌芽时期却是以诗为文学起点，进而构筑起独有的审美基础的。他的小说常常出自诗的构思，通过不断积累的"诗象"来拓展故事情节，从而在小说作品中留下诗的痕迹。借创作小说而达到诗歌的抒情境界，也正是井上靖文学创作的最高目的。1941年，沈从文在一次关于短篇小说的讲演中说："一切艺术都容许作者注入一种诗的抒情，短篇小说也不例外。由于对诗的认识，将使一个小说作者对于文字性能具有特殊的敏感，因而产生选择语言文字的耐心。对于人性的智愚贤否、义利取舍形式之不同，也必同样具有特殊敏感，因之能从一般平凡哀乐得失景象上，触着所谓人生，尤其是诗人那点人生感慨，如果成为一个作者写作的动力时，作品的深刻性就必然因之增加。"

　　井上靖在小说创作中不断注入诗的情愫，而小说中所蕴含的诗的底蕴正是井上靖文学的重要特征。

第三节　井上靖创作中的"传承与接受"

一、"传承"日本传统文化基因

任何一位作家要取得文学上的成就，都要根植于本民族的土壤，继承本民族文学的优秀传统，并善于汲取外来文化，并将其融合在民族传统之中。井上靖的艺术实践也证明了这一点。他不但借鉴外来的文学形式，而且重视发扬本民族的文学传统，并成功地将两者融合在自己的文学创作之中。

井上靖在《日本文学》杂志创刊一周年的贺词中说："民族文化的独特性最浓郁地集中反映在该民族的文学上，可以说文学状态是文化独特性的投影，由一个国家的文学，能容易地把握历史所形成的文化特性与民族传统，若要理解不同国家的文化，接触该国文学是至关重要的。各个时代的日本文化清晰地成像于日本文学，其中能寻出堪称民族传统的脉络，这正是表现日本文化特点的东西，是产生文化的人的心灵问题。"

（一）"物哀"

吉田精一在《日本文学的特点》一文中说："除了中国，日本比之任何近代文明国家都保持着古老悠久的文学传统。"8 世纪成书的和歌《万叶集》及其在此前出现的《古事记》和《日本书纪》中的歌谣等，都是颇具艺术价值的优秀作品。以此为嚆矢的连歌、短歌及由连歌衍化出来的俳句，至今仍旧是日本文学范畴中最为普及、最受欢迎的诗歌体裁，具有深厚的民族文化底蕴。同时，日本文学在悠久的历史发展过程中，逐渐形成了自己民族独特的审美意识，"物哀"作为一种精神元素和审美理念积淀在日本民族的传统文化意识的深层。日本作家川端康成深有体会地说："我们的文学虽然是随历史文学潮流而动，但是日本文学的传统却是潜藏的看不见的河床。"同许多日本现代作家一样，井上靖继承了日本文学的"物哀"传统。他的历史小说，不仅蕴含着历史的沧桑感，还有一种诗意的抒情性和淡淡的哀伤。这一切都与日本的审美意识和传统观念息息相关。

将"物哀"作为日本传统审美感受最本质的深层内核加以理性概括、系统梳理和精当阐释，集大成于日本江户时期著名学者本居宣长的《紫文要领》《〈源氏物语〉玉小栉》和《石上私淑言》等理论著述。这位以弘扬日本传统精神文化为己任的国学家认为《源氏物语》及由此为起点开创的日本民族审美意识的本质便是"物哀"。他指出："在人的种种感情上，只有苦闷、忧郁、悲哀……也就是一切不能如意的事才是使人感受最深的。"同时，他又极力反对把"哀"之美理解为"悲哀美"，认为悲哀只是"哀"中的一种情绪，凡高兴、有趣、愉快、可笑等这一切都可以称为"哀"。后人对"物哀"做了更具体的阐释。铃木修次认为"物"指"感动人的对象"，其为自然、人、人造物皆可，而"凝视对象而产生的悲欢"即为"物哀"。这样，"物哀"不仅包含了悲哀、悲惨、悲伤的含义，还有哀怜、怜悯、感动、感慨、同情、壮美的意思。对于许多日本近现代作家来说，都在创作中侧重捕捉感人心灵的悲哀情绪之倾向，诸如谷崎润一郎、佐藤春夫、川端康成、三岛由纪夫等人莫不如此。

在井上靖的历史小说中经常可以见到细致入微的情感描写。例如，《敦煌》中有关赵行德与回鹘王女的爱情描写。当赵行德与王女告别时，"他发现女子的悲伤不知不觉地渗入自己体内的脉搏"[①]而且女子纤纤玉手的冷意，留在了赵行德粗糙的手掌上。以后，"行德想念女子想得胸痛，每当想起女子时，总能在手掌上感觉到女子手掌的冷意"。这种细腻、感伤的笔触不能不说是对"物哀"传统的一种继承。

"物哀"中包含的佛教的无常观和宿命思想，也经常体现在井上靖笔下的历史人物身上。无论是帝王将相、英雄豪杰，还是生活在社会底层的小人物，在历史的长河中都是渺小而无助的，都带着一种淡淡的悲哀和无奈。《异域人》中的班超、《敦煌》中的赵行德、《洪

---

① 井上靖.敦煌[M]//井上靖历史小说集：第1卷.东京：岩波书店，1981：62.

水》中的索励，虽然他们都是孤身奋战、顶天立地的英雄，但是最终也逃不脱悲剧的命运。《苍狼》中一代天骄成吉思汗，《杨贵妃传》中集三千宠爱于一身的杨贵妃，《楼兰》中被大国驱使的小国那不幸的命运，都是"物哀"中佛教无常观和宿命观的体现。

（二）井上靖与《万叶集》

井上靖与《万叶集》①的初次相遇是在其中学时代。上中学时，井上靖在课本上读到大伴家持赞誉自己家族的短歌，便自由联想式地思考起"自己的祖先中是否也有一位值得向世人夸耀的人物"②这般问题，从此开始在思想和情感上"关注自己的家族"。由此，外曾祖父井上洁的形象作为井上家族的代表在他的心目中不断升华，并给了少年时期的井上靖以特殊的影响。步入文坛开始文学创作之后，井上靖的作品中便不断出现一些重量级的大人物（如《淀君日记》中的浅井久政、《苍狼》中的成吉思汗、《明天来的人》中的梶大助、《冰壁》中的常盘大作、《夜声》中的千沼镜史郎等），对他们所进行的浓墨重彩式的描写，都可视为这种特殊影响的回声和结果。仅从这个意义上说，《万叶集》中大伴家持的和歌作品对井上靖的影响不但是深刻的，而且以此为初始点扩展、延伸，英雄主义和英雄崇拜渐次成为井上靖小说创作在内容走向上的一大特色。

然而，井上靖怎样接受《万叶集》，又是如何在作品中将其具象化的呢？井上靖的作品中直接与《万叶集》相关的至少有 8 部，分别是自传《我的自我形成史》，小说《夜之声》《额田女王》《四角船》《星与祭》，随笔《与美丽相遇》《我的一生一次》，以及题解集《历史小说的周围》等。井上靖在小说《夜之声》中，把主人公千沼镜史郎塑造成为追求万叶时代的社会秩序而四处奔走的《万叶集》研究家，并引用了 54 首《万叶集》中的和歌。《额田女王》中的额田王与淀君、

---

① 《万叶集》，日本现存最古老的歌集，共 20 卷。据说是从仁德天皇皇后的歌开始到淳仁天皇时代的歌约 850 年间的长歌、短歌等共约 4500 首，还收录有汉文诗、书信等。

② 井上靖. 井上靖全集：第 23 卷 [M]. 东京：新潮社，1999：27.

杨贵妃一样，是井上靖喜爱的女主人公形象。在作品中，这些女主人公形象与井上靖幼年记忆中的庶祖母加乃和姨母美琪相重叠，成为对两人思念之情的具化形象。井上靖将额田王置于宫廷歌人的位置，将自己对《万叶集》的和歌和《日本书纪》的歌谣的理解，在小说中进行了诠释。《额田女王》引用《万叶集》和歌 21 首，引用《日本书纪》歌谣 8 首，其中挽歌 13 首，挽歌性质的歌谣 6 首。

关于对挽歌的理解，井上靖在《星与祭》中做过这样的说明："在国文杂志上，读到这样一篇专家的随笔，说挽歌是在叫作'殡'的阶段咏唱的歌。往古的贵族们设定了一种叫作'殡'的阶段，在这期间，故人的灵魂既不生、也未死，而是处于生与死之间。我觉得，古人们的这种假想，不就是在死者和生者之间设定一段能真正进行对话的时间吗？也就是说，在生者与生者之间，以及死者与生者之间所不能进行的对话，在'殡'的期间是能进行的。《万叶集》中的挽歌不是普通的追悼歌，而是类似在'殡'这种特定期间咏唱的追悼歌。我读了持这种观点的国文学家的论文，然后再读挽歌并发现虽同样是追悼之歌，挽歌确实具有一种独特的哀切之音，令人觉得这与其说是追悼之词，倒似乎更多了一些直接对故人表达爱情的成分。"①

挽歌在中国文化史早期的春秋战国时期便已经相当普及，这种古人在送葬时哀悼死者所咏唱的诗歌由乐曲和歌词两个结构层次组成。汉魏以后，咏唱挽歌成为朝廷规定的重要丧葬礼俗。《文心雕龙·乐府》中有关于歌诗礼乐的记载："至于轩岐鼓吹，汉世铙挽，虽戎丧殊事，而并总入乐府……""铙"是铙歌，属军戎之乐；"挽"就是挽歌，属于丧葬之乐。从东汉开始，挽歌冲破送死悼亡的藩篱，有了更广的应用范围，许多士林名流偏爱写作、吟诵墓园哀悼的挽歌。至六朝时，咏唱挽歌成为一时风尚，清流名士借此显示其蔑视礼法、潇洒不羁的风度。挽歌独特的悲哀情调和凄丽的美学风格表达了士人以悲

---

① 井上靖，池田大作.四季雁书 [M].仁章，译.长春：吉林人民出版社，1990：114.

为美的美学观念，也是他们独特的生存哲学的诗意显现。李泽厚先生说："虽然他们并没有去选择自杀死亡，但是经常把只有面临死亡才能发现的存在的意义很好地展露了出来。他们是通过对死的情感思索而发射出来生的存在。"挽歌与挽歌诗的真正价值也就在于此。对生命消逝的咏叹成为文学艺术的永恒主题之一，在中国和日本的中古时代的挽歌和挽歌诗中都有着生动的表现。井上靖深受日本文学传统和中国古典文化的双重影响，对挽歌的思考也有着多重视角。在亲身经历种种生离死别的情感之后，井上靖在《记我的母亲》《星与祭》等一系列作品中，以小说形式细腻地诠释了自己对挽歌的理解。

与《万叶集》有关联的其他作品有《暗潮》《冰壁》《风》《榉之木》等。对日本古典传统文学《万叶集》的深入探索成为井上靖文学的特色之一。

（三）民间传承

"我不记得究竟是什么时候初次听到弃母山的弃老传说。我的幼年时代生活在故乡伊豆半岛中部的山村里。那时，半岛西海岸的土肥地方也流传着过去将老人遗弃到深山里去的故事，也许弃母山的传说连同这个故事就在这个时期一起传到我的耳朵里，使我幼小的心灵充满了悲伤。"①

这是井上靖的短篇小说《弃母》开篇处的一段文字。这里所说的弃母山的传说，载于日本平安时代《大和物语》第156则。传说的内容是这样的：信浓国更级地方（今长野县更级郡善光寺平一带）住着一个男人，年幼时父母双亡，伯母（一说是祖母）像亲生父母一样从小疼爱他，但他的媳妇却讨厌这个弯腰驼背的老太婆，总在丈夫面前说伯母的坏话。伯母越来越老，也越来越累赘，那男人的媳妇总恨她还不死，就逼丈夫说："你快把她扔到深山里去吧！"那男人先是闭口不言，最后终于下决心，要把伯母扔掉。在一个月光格外皎洁的夜晚，那男人跟伯母说："寺庙里正在办法会，我带你去看看吧。"伯母

---

① 井上靖.井上靖全集：第4卷[M].东京：新潮社，1999：497.

高兴极了，让那男人背着走。那男人把伯母扔到山里就跑了，伯母在后面喊，他也不应声。这一夜，月亮分外明亮，那男人却一夜没有睡觉，悲哀地咏出一首和歌：

> 难以抚慰的
> 我那心头的哀伤
> 抬头看月亮
> 照耀着更级地方
> 照耀着弃母山上

翌日清晨，他又去把伯母接了回来。以后，人们就把那座山叫"弃母山"。在日本作和歌的时候，就用"弃母山"作为"难以抚慰的事"的缘语（类似于中国诗歌的起兴）。

年幼的井上靖虽然无法理解这个故事，但是一种抽象的哀伤宛如石缝里滴答出的水珠，渗透了他年幼的心灵。

受日本传承文学影响的还有以"翌桧"传说为主题的一系列作品。井上靖在自作题解中这样写道："翌桧这种树，总是祈祷自己第二天就能变成扁柏。每天、每天祈祷着，可最终也没能变成扁柏。第一次听到这个传说是在小学高年级或是刚入初中时，也就是在那个时候，翌桧这种树的悲剧性命运深深地印在我的记忆中。那之后，一直很留心这种树。"井上靖以"翌桧"为主题的作品还有两篇随笔、一篇短篇小说和一首诗。

除此之外，在《天狗》《雪虫》《夜之声》及井上靖的许多作品中，都可窥见日本民间传承对其文学创作的影响，寻觅到民间传承的影子。在井上靖的文学作品中，这些在民间渐渐消失的传说又被赋予了新的诠释。

（四）"物语"结构

井上靖的文学创作手法也深受日本文学传统的影响。他的中国历史题材小说以纵式结构（直叙式）为多，但也不乏横式的小说结构。

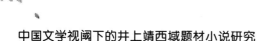

横式结构是日本古典文学中物语①的传统创作手法。井上靖在《孔子》中采用的"断片式结构"正是继承了日本文学传统中物语的叙事结构。整部作品由一些片段式的回忆和议论组成，并不完全受时空的限制。这样的结构对早已习惯司马迁《史记》中记载的孔子形象的中国读者来说十分新奇。日本文学史专家吉田精一说："物语这种样式是平面性和并列性的，时间的推移、情节的展开同人物性格的发展，缺乏有机的联系，部分同整体的结合并不严密，各个场面各自独立，彼此照应却不密切。"物语结构一脉相承，直到近世井原西鹤的《浮世草子》和现代川端康成的《雪国》。这里谈到的物语结构的特点——平面性和并列性，也正是井上靖笔下的《孔子》等小说结构中所具有的特色。

吉田精一还曾指出，日本文学中"几乎所有的散文作品，除了少数例外，都或多或少地，乐于对局部的细致描写，但少于考虑整体结构……"有学者认为，日本文学的这种特色与日本的地理环境不无关系。日本是个岛国，四面环海，从未受到外国侵略。季节风使大自然富于变化，独特的岛国培育出人们温和、纤细、现实的性情和对自然界四季变化敏锐的感受性。文学也深受这种环境的影响，具有强烈的密切结合日常生活体验的倾向，形而上学式的神秘性和抽象的概念性与日本人和日本文学是疏远的。作为现实主义代表的井上靖，虽然不同于自然主义和唯美主义的倡导者和实践者，但他的作品还是未能摆脱日本文学的传统，结构上比较松散，没有完整的故事和情节，时间和空间的转换随意性较强。

二、"接受"中国古典文学元素

近代以来，深受日本古典文学影响的作家很多，如森鸥外、尾崎

---

① 物语，日本古典文学中的一种文学体裁。"物语"意即故事，由口头说唱发展为文学作品。在日本文学史上，物语主要指平安时代（794—1192）至室町时代（1336—1573）的传奇小说、历史小说、战记小说等。最著名的有《源氏物语》《伊氏物语》等。

红叶、樋口一叶等。这些作家并非单纯接受日本古典文学的影响，也受到来自世界各国、各民族文学的多方面影响。日本近代文学本身就是在日本古典文学和外国文学的融合中形成的。井上靖的文学创作也不例外。他在《我的自我形成史》一文中写道："我从司汤达的《红与黑》、福楼拜的《包法利夫人》这些作品中认识到了文学作品的本质，并通过京都大学哲学系的朋友，学习到了巴莱里的纯粹诗和法国的象征诗。"① 但无论从哪个角度来说，中国古典文化对井上靖文学创作的影响都是最为深远的。不同作家对异质文化的接触方式不同，法国文论家亨利·巴柔将总体思考和叙述异同的方式称为"模式"或"象征体系"，并将其分为三种态度：狂热、憎恶与亲善。井上靖的模式大约属于狂热型，他的狂热基于三种崇拜：对中国佛教、儒学的崇拜，对中国历史与民间传说的崇拜，对汉诗的崇拜。

众所周知，中国史传文学源远流长，春秋战国时代就已产生。典型的代表作品是《左传》《战国策》，以后逐步发展，到司马迁的《史记》时，中国史传文学已蔚为壮观。这些史传文学内涵极为丰富，正如冯梦龙所说："夫史固盛衰成败、废兴存亡之迹也。已然者事，而所以然者理也。理不可见，依事而彰，而事莫备于史。天道之感召，人事之报施，智愚、忠佞、贤奸之辨，皆于是乎取之，则史者可以翊经以为用，亦可谓兼经以立体者也。"② 以《春秋》《史记》《汉书》等为代表的史传文学，历来被视为文学的典范，它们记载的事迹不但为后世文学提供了素材，而且其创作手法也影响了后世散文、小说的发展。中国史传文学传到日本后，受到极大的重视。从奈良时期起，《史记》便成为日本大学寮③ 的必修科目之一，对日本史书的创作也产生了深刻的影响。日本史书的最大杰作《大日本史》作史的体例、记事的方法、修史的精神，乃至修史的宗旨都是仿效中国的。在日本

---

① 井上靖.井上靖全集：第23卷[M].东京：新潮社，1999：43.

② 冯梦龙.东周列国志[M].长沙：岳麓书社，1990：1.

③ 大学寮，8世纪时日本仿效唐朝设立的专门教育机构，其中规定必学的书籍就是《论语》《史记》等。

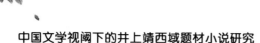

古典文学名篇《源氏物语》中，也可以发现《史记》中一些人物的影子。近现代，许多日本作家直接从中国史传文学中取材进行创作，代表作家有森鸥外、芥川龙之介、中岛敦、谷崎润一郎和司马辽太郎等。

井上靖在中国题材历史小说的创作中，往往运用《史记》所开创的纪传体手法，以人物为中心叙述情节，设置场面，刻画人物性格，为文学虚构提供一个较大的空间。小说《异域人》《苍狼》等均是运用该手法创作的典型作品。而《楼兰》则是采用编年体写法，作者以编年体的手法记述西域小国楼兰的命运，根据史书上有关楼兰的记载片段，用明确的历史年代，构架起小说的主干。

但是，井上靖在创作中运用更多的是纪传体和编年体相结合的方法，譬如《天平之甍》《杨贵妃传》等。《天平之甍》围绕鉴真东渡这一历史事件，记述了自日本派出第9次遣唐使，到鉴真东渡成功，后圆寂于日本唐招提寺期间两国发生的重大历史事件。《杨贵妃传》虽然从标题看是一部传记小说，但是井上靖认为他主要运用的是编年体形式，作品从唐开元二十八年（740年）杨玉环被唐玄宗召见起笔，写到天宝十五年（756年）杨贵妃在马嵬坡被缢死为止。可见，井上靖是杂糅了编年体和纪传体两种体例来写这部小说的。

井上靖的作品虽然都以某段历史为背景，但是历史有很多空白的部分，作家有更多发挥想象的空间。在小说中，井上靖还时常插入一些神话传说和历史典故，不但增强了情节的生动性，而且在小说结构上起到了重要的作用。例如，在短篇小说《洪水》中，当主人公索励看到他建立的城营被洪水淹没，自己也将被洪水吞没时，突然想起了亚夏族女子讲述的龙都的传说，而眼前的一切正是这个传说的重现。传说在这里起到了预示和推动情节发展的作用。《苍狼》中关于蒙古族起源的传说在小说中也占有重要的地位。小说中的成吉思汗为证实自己是传说中苍狼的后代，才有不断征服世界的欲望。《杨贵妃传》中历史传说褒姒的故事在杨玉环心中引起的反响，也暗示了她日后与褒姒相似的命运。

　　井上靖在创作历史小说时，试图将作者视角突显出来，使之产生某种现代的"间隔效果"，并以此来嘲弄历史或者解构故事的真实性。井上靖的创作素材有些虽然直接取自某些野史，但是他追求的是更原始的神话和民间传奇的效果。例如，短篇小说《狼灾记》虽然取自秦末的历史背景，但是作者试图打通人与狼之间的界线，借狼的爱情观与友情观来讽喻那个乱世中的人情人事，这与《白蛇传》《西游记》《封神榜》《聊斋志异》等人神混处的隐喻小说有异曲同工之妙。井上靖的这篇小说很容易使人想到中岛敦的名作《山月记》。《山月记》取材于唐传奇《人虎传》，讲述人受压抑而变成虎的故事。井上靖的《狼灾记》明显地受到了《山月记》的影响，也采用了唐传奇中变形的情节。因此，可以说井上靖的小说创作不但得到了中国古典小说的形与技，而且更接近中国古典文学的神与质。

　　井上靖的中国题材历史小说，大多是在没有直接接触中国社会的情况下创作的。但中国古典文学、文化对日本文学的影响，尤其是诗歌中的感伤传统和浪漫倾向，使井上靖潜移默化地受到中国文学的浸染。其作品体现出来的"物哀"意识、"色空"观、侠义精神及理想主义，与中国古典小说在精神气韵上有更多契合，只是井上靖的隐喻和象征体系更多地吸取了现代西方小说的各种技法罢了。

第四章　井上靖中国题材作品的创作

第一节　基于中国文化的创作

井上靖以其独特的文化思维模式，在中国，特别是中国西域这片"异域"的土地上倾注了大量的心血，通过一种对自然与人性的超然参悟与解读，铸就了其一代大师的基业。作为日本当代中国题材历史小说的主要开拓者，井上靖的创作使战前日本文坛上的中国题材小说创作传统得以在战后延续，继而对后来的历史小说写作产生了积极的影响。井上靖的中国题材历史小说创作所具有的开拓性，在于他最早将中日两国的友好文化交流引作小说的题材和素材，延伸成为后来日本的中国历史题材小说创作的基本主题。在井上靖的中国题材历史小说创作中，以中国古代西域为舞台背景的历史小说最具特色。他在无法亲身去到这些地区进行体验观察的情况下，凭借对历史资料的解读，驰骋丰富的想象力，创作出了一系列优秀作品，将广袤无垠、充满沙尘黄土的西域展现在读者面前。

综合考量，井上靖的历史题材小说，按照情节发生的国别可以分为中国历史题材小说（18 篇）、日本历史题材小说（6 篇）和其他亚洲国家历史题材小说（3 篇）。1950 年 2 月，《斗牛》获得日本文坛纯文学最高奖项芥川奖。同年 4 月，井上靖在《新潮》发表了第一篇中国题材短篇历史小说《漆胡樽》。由此可见，井上靖从崭露头角就开始抒发向往西域的梦，直到 1989 年出版的封笔之作《孔子》，在他 40 多年的作家生涯里，始终贯穿着对中国历史题材小说的深入挖掘和创作。

一、井上靖与历史小说创作

井上靖的历史小说有着庞大的作品群，从作品的篇幅来看，短篇、中篇、长篇都有所涉猎；从小说的内容来看，可以分为日本题材（共 14 篇）、中国题材（共 15 篇）、其他亚洲国家题材（共 2 篇）等，其中以中国题材的历史小说最为出色，如《天平之甍》《苍狼》《敦煌》《楼兰》《孔子》等，作品的质量非常精良，在读者中引起的反响也最大。1949 年发表的《漆胡樽》拉开了井上靖历史小说创作的大幕，直到 1989 年，也就是井上靖去世前两年，他的鸿篇巨作《孔子》为其历史小说创作画上了圆满的句号。井上靖用了近 40 年的时间对历史小说进行创作，其中以中国作为背景的创作占了大部分，可以说对中国题材历史小说的创作伴随了他的一生。井上靖的中国题材历史小说的创作大致可以分为四个时期。

第一个时期是从 1949 年到 1954 年。这一时期是井上靖历史小说创作的探索期，其创作手法和取材都在摸索中，发表的作品以短篇小说为主。主要作品有《漆胡樽》《异域人》《僧行贺的泪》等。

第二个时期是从 1957 年到 1961 年。这一时期是井上靖历史小说创作的旺盛期，其作品的风格及创作手法都趋于成熟，发表的作品以中长篇历史小说为主。主要作品有《天平之甍》《楼兰》《敦煌》《洪水》《苍狼》《狼灾记》等。

第三个时期是从 1965 年到 1972 年。这一时期是井上靖历史小说创作的稳定期，其特点是在历史小说的创作中注重客观的、符合历史的叙述，发表的作品包含长、中、短篇。主要作品有《杨贵妃传》《宦者中行说》《明妃曲》《褒姒的笑》《永泰公主的项链》《昆仑玉》《圣人》等。

第四个时期是从 1981 年到 1989 年。这一时期是井上靖历史小说创作的巅峰期，井上靖在其人生的暮年，将对生与死的思考融入文学创作中，完成了人生中最后的巨作《孔子》。

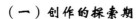

（一）创作的探索期

1950 年，第一篇西域题材小说《漆胡樽》问世，是井上靖中国历史题材小说创作的正式起步。对井上靖而言，这篇小说的发表可以说是其"西域情结"的最初彰显。接下来，又有多部同一题材方向的短篇历史小说面世，如《玉碗记》《异域人》《僧行贺的泪》等。

《漆胡樽》是以同名散文诗为原型创作的。1946 年秋，奈良举办正仓院宫廷用品展。井上靖作为每日新闻社学艺部的记者前去采访，面对着一件名为漆胡樽的器具展品陷入了深深的思考：1000 多年前西域的酒宴用具，怎么会收藏在日本古代宫廷的宝物库之中呢？百思不得其解。于是，井上靖开始展开想象，让漆胡樽回归西域沙漠，见证历史。1000 年前，在罗布泊湖畔的绿洲上建楼兰城而定居下来的人们，为寻找新水源而向鄯善国大迁移。井上靖从这个移动队伍中一个青年的角度，描写漆胡樽的命运。这个器具经历过前汉盛期、后汉末期，最后于日本的天平年间，由遣唐使佐伯今毛人一行装船带到日本，藏于正仓院深处。直至 1200 年后的 1946 年秋，才被移至户外，沐浴在秋天白色的阳光下。

翌年，井上靖又完成了以器物为主人公的《玉碗记》。这个由安闲天皇陵墓出土、被称作玉碗的雕花器皿与正仓院的宫廷用品白琉璃碗一模一样。年轻的考古学家推定两者都是波斯肃霜王朝的物品，想象它们是经由漫长的丝绸之路，又渡过大海，分别被献给安闲天皇和皇后。1000 年后，失散了的两件器物被静静地陈列在正仓院的一室内。那感人的相遇场面是由"我"来见证的。这篇小说的主人公是一件器物，它辗转流传的悲惨命运便是小说的主题。《漆胡樽》与《玉碗记》这两篇作品可谓是姐妹篇，都是井上靖对丝绸之路憧憬的结晶。

关于《异域人》中的班超，井上靖在《西域》一文中写过小传。井上靖在创作西域题材小说的最初，把对西域的向往之情表现在对把半生献给西域的班超的深切热爱上。井上靖把自身未能实现的梦想寄托于《异域人》中的班超身上。

《异域人》这篇小说的精彩之处是结尾部分。71 岁高龄再不能出使西域的班超，时隔 30 年后回到洛阳，在那里他看到长年出使西域后的自己变成了一副奇怪的模样，沙漠的黄尘改变了他的皮肤和眼睛的颜色，以至幼童呼唤他"胡人"。街上排列着售卖异国物产的店铺，行人的服饰华丽得令人眼花缭乱，胡人风俗流行于世。他见到自己的所有努力在这里竟以奇怪的形式被毁掉，在死前的 20 余天才知道自己为之奋斗一生的事业竟化成了虚无。他死后 5 年，汉室就放弃了西域，再次关闭玉门关。在最后一节中，班超半生劳苦一下子变得毫无意义，但他又自问：班超的半生真的没有意义吗？回答是"不"。人的行为是否有意义取决于历史，而人的历史说到底是建筑在无数人的行为的基础上的。从《异域人》中可以寻觅到存在于井上靖内心深处的"白色河床"的创作原型。

《僧行贺的泪》是描写日本天平胜宝四年（752 年）乘第 10 次遣唐船入唐的留学僧的短篇小说。井上靖认为，留学僧的渡海航线是丝绸之路的延伸。据《扶桑略记》和《日本后记》中记载，行贺和仙云确有其人。小说中出场的还有历史上著名的人物：大使藤原清河、副使大伴古磨、吉备真备，以及乘第 8 次遣唐船入唐未归的留学僧阿倍仲麻吕等。作者以简洁的笔墨把他们刻画得栩栩如生，通过确切的史实，描写了行贺和仙云两个性格对立的僧侣的命运。高傲的仙云是清河、真备、仲麻吕等人的直率的批评者。仙云来到中国后，被中国文化深深吸引，云游各地，甚至萌生了经由西域到释迦牟尼的家乡天竺朝拜的想法。可以说，他是井上靖的第一部长篇历史小说《天平之甍》中戒融的前身。而另一个主人公行贺则是一个沉静的学问僧，他常常埋头抄经乐此不疲，31 年后如愿回到日本。回到日本后，他却产生了一种不想跟任何人交流的心理，面对奈良东大寺和尚们的提问，竟然一句也答不出来，表现出特立独行者的孤独感。从某种意义上说，与仙云相对而言，行贺是《天平之甍》中业行的前身，而在另一种意义上还可以说是普照的前身。在唐朝的 30 年岁月，给他心里打下了深深的烙印，想到最终也没有归来的仲麻吕、清河、仙云等人

与已然归来的自己命运截然不同，他觉得东大寺的和尚们这些关于宗义之类的提问，根本触及不到自己思想的核心。他所想的是与东大寺的僧侣们生活的世界全然不同的另一个世界。因此，要他把另一个世界的想法翻译成普通的语言是办不到的，也无法传达给他们。于是，行贺把自己关在兴福寺一隅，拒绝会客，专心伏案，注疏经文。这些接触到与俗世完全不同的另一个世界的人，胸中隐藏着无法表达出来的真情，因此不得不在这个寂寞孤绝的世界中生存下去。这个世界就是井上靖从处女作以来一直关注的"白色河床"的主题，而《僧行贺的泪》就是这类主题的延伸。

（二）创作的旺盛期

这一时期是井上靖历史小说的创作手法、创作风格的形成和成熟期。作品有《天平之甍》《楼兰》《敦煌》《洪水》《苍狼》《狼灾记》等。这一时期的作品将学者的求真、求知的精神和感知客观世界的艺术激情成功地融为一体，其营造特定历史氛围、历史情景的能力颇受学界称道。《天平之甍》是井上靖的第一部长篇历史小说，也是这一时期的代表作。1958 年获日本艺术选奖文部大臣奖。在这一时期，以西域古国为舞台的西域小说创作进一步展开，《楼兰》《敦煌》获得 1960 年日本每日艺术大奖。

1959 年发表在《声》上的《洪水》，是以史书的零散记载为依据创作的短篇小说。正如井上靖在"自作题解"中所说，创作素材来源于中国最古老的地理书《水经注·河水篇》。原文用简短的文字记述了出身于敦煌的主人公索劢降伏呼沱河激流的故事。井上靖仅用这简短的"两三行"史料就写出了前半部分，成为小说最精彩之处。与故事的主人公命运相关的亚夏族女子最后被洪水吞没的情节则是井上靖虚构出来的。

《苍狼》是这一时期另一部重要的长篇历史小说。作品描述了一代天骄成吉思汗的一生和整个蒙古民族的兴盛史。小说根据那珂通世翻译的《成吉思汗实录》和其他史料构思而成。小说发表后，在日本文坛引发了关于历史小说创作手法的争论，即著名的"狼原理"论争。

《狼灾记》是井上靖创作的"狼系列"中的一个短篇，小说借用与唐传奇相类似的文体形式，叙述了一个发生在秦代的中国西域故事。秦二世胡亥当政时，边将陆沈康在长城外讨伐匈奴，闻知太子扶苏和大将蒙恬被迫自尽后，便班师回朝。陆沈康生性残暴，路过一个铁勒族村落，强行抢夺一个异族女子，后来他们两人都变成了野狼，在蛮荒的旷野中游荡。一天，陆沈康的军中故友从此地路过，出于怀旧的心情，陆沈康一度恢复人性并能够说话。未已，他又狼性发作，扑将上去咬死了昔日的朋友。

（三）创作的稳定期

这一时期作品的题材比较广泛，有继续前期以西域为舞台架构内容的叙事小说，也有以中国历史人物和事件作为题材的创作，如《明妃曲》《杨贵妃传》《宦者中行说》《褒姒的笑》《永泰公主的项链》《昆仑玉》《圣人》等。这一时期作家的创作风格有了明显的变化，《杨贵妃传》《风涛》等作品的叙述更注重客观，符合历史。井上靖的许多中国历史题材小说，是在未进行实地考察的情况下创作的。但这时期的短篇小说《永泰公主的项链》，却是根据1963年参观西安永泰公主墓时的所见所闻构思而成的。

《明妃曲》运用现代小说的技巧和手法描述历史故事，借匈奴人迷田津冈讲述了有关王昭君的传奇。作品颠覆和否定了王昭君被迫外嫁的悲剧性故事结构，塑造了一个为爱情而远走西域的新昭君形象。王昭君原本深居后宫，得不到爱情。此时，出使汉朝的匈奴青年如痴如狂地爱上了她，昭君于是自请远嫁胡地。然而，在那里等待她的却是青年年迈的父亲。昭君一度绝望，但在爱人的鼓励下，终于等到老单于去世，成为新单于最钟爱的妻子。

唐代诗人白居易的《长恨歌》传入日本后，在接受的过程中渐次受到追捧，杨贵妃成为日本人最为熟知的中国历史人物之一。杨贵妃与唐明皇的爱情，以及最后的悲惨结局，与《源氏物语》所代表的日本文学纤细感伤的审美情趣相吻合，激起了日本人的同情和感叹。因此，日本古代诗歌、戏剧、绘画等艺术形式中，以杨贵妃为题材的作

品屡见不鲜。杨贵妃成了"美人"与"可怜"的代名词。近代以来，著名作家菊池宽的剧本《玄宗的心情》，以及奥野信太郎、近藤经一、饭泽匡等人的同一题材的戏剧，都被搬上了舞台。但是，以杨贵妃为题材的长篇传记小说却始于井上靖。井上靖的《杨贵妃传》从杨玉环入宫起笔，一直写到马嵬坡兵变，杨贵妃被缢身亡。小说以杨贵妃的命运为主线，兼顾唐明皇、李林甫、安禄山、高力士、杨贵妃的哥哥杨国忠及三个姐姐等贵妃身边的若干人物。通过描写杨贵妃命运的变迁、悲惨的结局，以及周围相关人物间错综复杂的关系，表现了唐代政权、社会及宫廷生活的动荡与危机。

在《杨贵妃传》中，井上靖不像有的作品那样，刻意从杨贵妃荒淫误国之处落笔施以斧钺，将其视为概念化的"女娲"化身，而是根据历史的逻辑、人学的原理与个人的审美追求，努力揭示出杨贵妃身上矛盾对立的多重性格，将其还原为一个活生生的人。在井上靖看来，作为给唐王朝带来许多不幸与灾难的历史人物，杨贵妃当然是可恶的，但在当时的历史背景下，她的行为逻辑必有其合理因素，历史并非我们想象得那样简单和绝对。正基于此，井上靖在对杨贵妃进行文学塑造时，以学者独到的睿智和审视力，从历史的、审美的、人性的角度加以描绘，再现了杨贵妃的一生。

短篇小说《宦者中行说》是以《史记》为蓝本写成的，历史上确有中行说其人。据《史记·匈奴列传》记载："老上稽粥单于初立，孝文皇帝复遣宗室女公主为单于阏氏，使宦者燕人中行说傅公主。说不欲行，汉强使之。说曰：'必我行也，为汉患者。'中行说既至，因降单于，单于甚亲幸之。"小说中，井上靖写道："中行说，是个匈奴迷，他以宦者独特的机灵与感受性，接受了常人不懂的匈奴这一民族具有的独特魅力。"小说中的叙事和对人物的评价性描写并未超出史实的范围，但是却对历史进行全新的审视与理解。

中篇小说《昆仑玉》由两部分构成，前半部分写的是10世纪中叶即中国五代时期两个被宝石迷住的年轻人的西域之行，后半部分则描写18世纪中叶珠宝商的一位探宝之行。小说结尾处，井上靖这样写道："今天，人们认为罗布泊的湖水与黄河水相连的说法是一种古代传说。但是，两千年来，这个传说却一直贯穿着中国的历史，有人否定，有人肯定。"也就是说，这部小说的真正主角是悠久的历史长河。在长达两千年之久的历史时空中，时间和存在于时间之中的人相互作用，上演了一幕幕生动的戏剧。

井上靖根据古代传说创作了寓言体的短篇小说《圣人》。故事发生在公元前6世纪天山附近的萨卡族人村落。村里只有一口由专人值守的水井，人们把井奉为神祇，把护井的老人奉为圣人。出于敬畏，人们每天只能打一罐水，生活幸福，彼此和睦。后来，外界的新事物传入村中，打破了村民固有的禁忌，推翻了人们心中对神的敬畏。最后触犯了井神，导致灾祸降临，村落被水淹没。小说讲述了古代的传说，透出对现实情境的讽喻。

（四）创作的巅峰期

这一时期是指井上靖中国题材历史小说创作的总结性阶段，其核心成就是《孔子》。井上靖历经十数载的努力，两下山东、五赴河南为作品搜集素材、进行文化考察，终于在生命历程的最后阶段完成了足以代表其一生创作最高成就的长篇力作《孔子》。用井上靖自己的话说就是："晚至70岁才读《论语》，为之倾倒，80岁又将《论语》编成小说，就是这一部《孔子》。"小说通过虚构的叙事主人公和视点人物蔫姜探索孔子思想的内涵，旨在借古讽今，探讨人类社会的出路问题。该作品于1987年下半年至1989年春季在《新潮》杂志上连载，1989年由新潮社出版发行，获得了巨大成功。

二、井上靖作品的文化渊源

历史，对于尊重历史的人来说，永远是一种财富。它是人类的文化资源，更是文学资源。在日本文学中，"历史小说"也称"时代小说"，或者"历史·时代小说"，是近现代文学中一种重要的文学类型和样式，与镰仓时代的"战记物语"、江户时代的"军谈""讲话"等一脉相承。日本的历史物语（历史小说）出现在平安时代后期，最

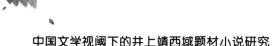

早的一部是 11 世纪中叶问世的、以编年体形式写成的《荣华物语》。后来又有"四镜",即《大镜》《今镜》《水镜》《增镜》先后问世。其中,《大镜》最有代表性,采用的是中国《史记》的纪传体形式,是这一文学形式在日本的首次尝试。正如书中的和歌所吟咏的那样:"一朝照在明镜里,过去未来均可识。"作者的意图是以史为镜,鉴证过去与未来,这与中国的文化史观一致。

日本的历史物语,对日本历史的连贯性还起到了一定的补充作用。在日本的历史上,自官修的"六国史"(从《日本书纪》到《三代实录》)后,史书上出现一段空白,而历史物语恰恰填补了这段空白。

日本近现代的历史小说创作始于明治初期。当时的小说家山田美妙、尾崎红叶和幸田露伴等都曾写过历史小说。但真正用现代手法进行历史小说创作却是从作家森鸥外开始的。在日本近现代文坛上,创作历史小说的作家多为文学大家。这些作家除大文豪森鸥外之外,还有被称为"文坛鬼才"的芥川龙之介、新思潮派代表作家菊池宽、无赖派代表作家太宰治、中间小说创始人井上靖,以及战后文坛的司马辽太郎等。这些作家在创作历史小说的同时提出了一套相关的理论。历史小说虽非文学创作的主流,但历史小说所产生的影响和历史小说家所获得的荣誉和尊敬,表明历史小说在日本文学史上占据着十分重要的地位。

日本近现代文坛的历史小说,按其取材类型,大体上可分为日本历史题材小说和中国历史题材小说两大类。所谓"中国历史题材小说",就是以中国历史为背景、以中国人为描写对象的小说。在日本历史小说中,日本历史题材的作品占的比例最大,中国历史题材的作品仅占很小的一部分,取材于其他国家历史的作品极为少见。那么,中国题材的历史小说能在日本历史小说创作中占据如此重要的地位,原因是多方面的。

实际上,日本民族一直将中国的古典文化视为自身文化遗产的一部分。对于中国古代历史文化,从日本的文化学者到普通读者都没有多大的隔膜感。虽然近代以来中日之间经历了战争,但是即使在主张

"脱亚入欧"的明治时代前期，中国的历史文化也没有被"脱"掉，即便是"脱亚论"的首倡者福泽谕吉，也具有相当的汉学修养，不仅能读懂文言文，还擅长汉诗和书法。

另一方面，日本汉学研究在日本学术史上已经成为一种源远流长的学术传统。日本学者对中国历史文化、中国古代文学的研究历来相当重视，他们对中国古代文献典籍的研究水平也不在中国学者之下。例如，对《史记》、唐诗、敦煌学的研究等，甚至令中国同行钦叹。这种研究的深入进一步强化了日本人对中国历史文化的亲近感和认同感，也为作家们学习、理解中国历史文化提供了大量可资参考的资料。日本学界对中国历史典籍及文学作品的翻译也相当重视，许多重要典籍都有数种不同的译本出版，从而为日本历史小说家阅读中国文献提供了方便。那些不懂汉语的作家只需利用各种译本，就可以系统地了解中国的历史和文化，从而使他们从中国历史典籍中取材创作小说变得切实可行。井上靖在创作小说《苍狼》时参考的主要书目《成吉思汗实录》，就是日本蒙古学创始人那珂通世博士翻译的《蒙古秘史》。《蒙古秘史》在日本还有多种译本：除 1907 年出版的那珂通世的《成吉思汗实录》之外，还有小林高四郎的译本、白鸟库吉的译本、村上正二的译注本，以及重在语言分析的小泽重男的《元朝秘史全释本》等。

日本作家的中国题材历史小说多选择中国古代史题材，而近代史题材较少。千百年来，中国古代历史文化已经融入日本文化之中，学者王向远指出：这一现象"与三部中国历史典籍在日本的广泛传播和影响有着密切的关系"[①]。第一部是司马迁的《史记》。《史记》早在平安时代就传入日本，历代学者对这部典籍进行了大量的注解、翻译和研究。日本人对西汉之前中国历史的了解主要是依靠《史记》，日本历史小说家的第一本案头必备书也是《史记》，有些历史小说家，如海音寺潮五郎、宫城谷昌光的作品几乎全部取材于《史记》。

---

① 王向远.源头活水——日本当代历史小说与中国历史文化[M].银川：宁夏人民出版社，2006：11.

作为战后中国题材历史小说的开拓者，井上靖中国题材历史小说有近一半的作品取材于《史记》，并认为"《史记》里的人物描述，无论如何不是任意为之的，《史记》同样是一本历史小说"。被美国学者费正清称为"中国学巨擘"的日本汉学家吉川幸次郎在文章《〈史记〉与日本》一文中这样写道："《史记》的文章是古今名文，这是定论。《史记》的文学性不只是表现在文章上。他（司马迁）写了很多人物的传记。这不单纯是为了留下人物的传记，还是为了描绘各种类型的人物。他不仅是史家的鼻祖，还是这种散文文学的创始者。"[1]吉川幸次郎在充分肯定《史记》作为史传文学的文学价值的同时，还进一步指出了《史记》所具有的思想深度。吉川的这一著名论断，在日本文化界产生了广泛的影响。日本历史小说家们在创作小说时，不仅从《史记》中取材，还从《史记》中学习观察事物、描写人物的角度和方法。

另一部在日本传播广、影响大的中国历史典籍，是宋末元初的学者曾先之编撰的《十八史略》。《十八史略》是一部以各时代的正史为底本编撰的史料集，其基本内容是按朝代、时间顺序，以帝王为中心叙述上古至南宋末年的史事。这部典籍传入日本之时，正值德川幕府统治时期，也是日本汉学发展的兴盛时期。当时，各藩官学大多采用《十八史略》七卷本为教科书，《十八史略》也因此成为相当普及的一部史书。至19世纪中期，《十八史略》在日本的传播与影响日益扩大，当时正是清朝嘉庆、道光年间，《十八史略》在中国几乎已被遗忘。其后，在"脱亚入欧"的明治维新时期，汉学逐渐走向衰微，但《十八史略》不仅没有销声匿迹，还出现一个声势颇大的"史略"文化热潮不仅有多种版本问世，《增定十八史略字典大全》《新纂插图十八史略字典大全》等工具书也相继出版。这类工具书的出现，正是《十八史略》被广泛阅读所产生的社会需求的体现。

《十八史略》的正文简明生动，不杂不滥，适合日本普通读者从

---

① 吉川幸次郎.吉川幸次郎全集·《史记》与日本：第6卷[M].东京：筑摩书店，1987：243.

中迅速了解中国的历史。由于这部历史典籍内容上的时代局限性，使一般日本人，也包括从中取材进行小说创作的日本历史小说家，对中国宋代以前的历史较为熟悉，而对宋代之后的历史相对陌生。作家们在取材的时候，既受到已有的中国历史知识结构的制约，又必须考虑读者现有的接受视域和阅读兴趣，于是就造成了中国题材历史小说创作在取材上重古代史（尤其是春秋战国时期和三国时代）、轻近代史的倾向。至于中国近现代史的题材，则涉及更少。近现代的历史缺乏足够的时间距离，日本文化界、学术界在历史认识问题上也存在若干误区。

第三部对日本作家取材有较大影响的中国历史典籍是《三国志》。日本历史上曾多次兴起"三国热"，诸葛亮、曹操等人物的名字几乎家喻户晓。可以说，现代日本作家的中国题材历史小说的创作，主要是从《三国志》的译介、仿作（日语称之为"翻案"）和再创作开始的。从20世纪40年代吉川英治再度仿作《三国志》掀起新一轮的"三国热"开始，至今已有数以十位计的日本作家以"三国志"为题材进行小说创作。在日本的"中国学"学术研究范畴或者文学创作、文学批评领域，"三国志"不仅指3世纪晋代史学家陈寿编撰的断代史著作《三国志》，广义上还指代着后世出现的所有涉及三国题材的史书文献、评话小说及相关的注解诠释性文本，当然一定包括中国元明之际由罗贯中署名撰写的长篇历史小说《三国志通俗演义》（简称《三国演义》）。

以现代小说形式创作的"吉川三国志"问世近30年后，柴田炼三郎的《三国志·英雄在此》以长篇小说的形式对《三国志》进行了再创作。其后，华裔作家陈舜臣创作的《秘本三国志》最大程度地摆脱了原典的局限，成为最富有个人色彩的"陈氏三国志"。20世纪90年代后出现的北方谦三的"北方三国志"与"陈氏三国志"截然不同，他所推崇的正是陈舜臣竭力摆脱的正史。同时期出版的还有以曹操为中心人物进行内容编排的三好彻的《兴亡三国志》。进入21世纪后，《三国志》的创作又出现了新生代，那就是伴野朗的《吴·三

国志》，作者在作品中大胆背离史实，并大量运用了侦探小说的创作手法。从以上最具典型性的六位作家的"三国志"主题作品来看，对《三国志》进行再创作，已经成为日本文坛一种常见的文学现象。

《三国志》在中日两国已形成长久的、根深蒂固的影响。日本历史小说家进行历史小说创作时，固然也深受《三国志》的影响和启发。但这些历史小说家要写出新意，必然要某种程度地对《三国志》加以颠覆和解构。颠覆和解构《三国志》的主要方法和途径不外乎两种。一是努力回归史实，从中国的正史中寻找史料依据，来矫正《三国志》中历史与时代的偏见和局限。这一点与现代中国学术界的做法基本相同。他们把《三国志》中几乎所有的重要人物都视为英雄豪杰，用文化的、审美的眼光去解构、重新描写和诠释历史事件与人物。二是充分发挥日本大众文学善于虚构的优势，对《三国志》的情节进行大胆发挥与延伸。这些作家几乎都是推理小说家，他们把现代推理小说的一些手法运用在历史小说及《三国志》的再创作中，许多大胆的想象与构思令中国作家和读者困惑不解。

从历史学的角度看，历史小说以想象力和推理性填补历史记载的空白，将古代历史活化、立体化，弥补了一般历史著作细节上的疏略和不足，从而把历史事件和人物生动地再现出来，使历史人物复活，有助于丰富读者的历史感，进而加深日本读者对中国历史文化的了解和理解。

中国题材的历史小说创作，在日本当代文学史、中日文化与文学关系史上，都有重要的意义和价值。通过对日本文坛的中国题材历史小说的研究，可以从一个侧面更清楚地看到中国历史文化在日本的传播、弘扬和影响，进而促进中日两国人民相互理解，加深文化上的相互认同，强化两国文学的关联感。

在日本近现代历史小说创作初期，虽然作家为数众多，但是创作方法不外乎尊重史实、偏离史实、尊重史实与自由发挥并存三种，代表作家分别是森鸥外、芥川龙之介、井上靖。

关于历史小说的创作理论，森鸥外曾写过一篇名为《尊重史实与偏离史实》的短评，系统地阐述了历史小说创作的两种方法：尊重史实和偏离史实。森鸥外在短评中写道："历史小说的创作要么尊重史实，力求再现历史的原貌；要么发挥想象，借助历史来表达独特的主题。"森鸥外在进行历史小说创作时采用的是第一种方法——尊重史实，从他的第一部历史小说《兴津弥五右卫门的遗书》，到其后的《阿部一族》《高濑舟》《山椒大夫》《寒山拾得》《最后一句》等历史小说，都始终贯穿着这一创作方法。与森鸥外截然不同的是芥川龙之介，他的创作方法是偏离史实。虽然有研究表明芥川龙之介是在森鸥外的影响下开始创作历史小说的，但对于历史小说的特征，芥川龙之介与森鸥外有着不同的看法。芥川龙之介主张借用历史题材来表达现代主题，即鲁迅所说的"只取一点因由，随意点染，铺成一篇"，与西方大仲马的"什么是历史？就是钉子，用来挂我的小说"的历史小说创作观念如出一辙。芥川龙之介在论证中虽然仍用"历史小说"一词，但是他的写法其实与历史没有太多关联，更接近海顿·怀特对历史写作的阐释："一种以叙事散文形式呈现的文字结构，意图为过去种种时间及过程提供一个模式或意象。经由这些结构我们得以重现过往事物，以达到解释他们意义之目的。"

森鸥外与芥川龙之介历史小说创作观念的不同，主要源于两者对历史小说认识的不同。森鸥外认为历史小说应尊重史实，尽可能体现历史真实。而在芥川龙之介看来，历史只是一种道具，是为表现现代主题服务的，具有虚构的性质。因此，森鸥外的历史小说属于"体验文学"，而芥川龙之介的历史小说则属于"观念文学"。井上靖的历史小说既不像森鸥外那样照搬历史，又不像芥川龙之介那样偏离史实，而是介于两者之间，是以史实为主的历史小说。也就是说，井上靖继承了森鸥外以考据、实证等正史资料为依据的纯历史小说的基本品格，使小说表现出纯历史小说的严肃性和历史可信性；但又不为正史资料所拘囿，在一些非主要事件和人物的描绘上敢于发挥自己的想象力和重构力，从而实现了小说文本建构的审美追求：诗与史的融合。井上靖第一部真正意义上的长篇历史小说《天平之甍》，就为读者演绎了具有可读性的鉴真东渡的历史故事。在那之后，他所创作的历史小说《楼兰》《敦煌》《苍狼》《杨贵妃传》等，无一不是尊重历史与发挥想象的产物。

在日本文学评论界，对井上靖的创作方法褒贬不一。持反对态度的人认为，历史小说要么像森鸥外那样尊重历史真实，要么像芥川龙之介那样偏离历史真实，远离这两种方法，会使人产生不彻底的感觉。与此相反，赞成的评论家认为，在尊重历史真实的同时，用文学家的想象力来填充历史的间隙是对历史远景的点缀，无可厚非。

井上靖的作品中多夹杂着庄重的汉文文体，始终按部就班展开情节。虽然缺乏流动感但是显得有条不紊。有研究者认为，井上靖历史小说的文学风格是中岛敦风格的沿袭和发展。他们常常不是把个人的命运摆在首位，而是将历史的悠久性置于其上，认为推动历史的是人，而人是由历史的"自然意志即命运"来推动的。这与20世纪50年代末以后出现的同样以中国历史为背景进行小说创作的司马辽太郎和陈舜臣等不甚相同。也就是说，那时日本文坛出现的中国题材历史小说的创作，不再采用中岛敦和井上靖的创作方法，而是在创作过程中给历史史实注入了现代意识。这不仅反映了文学观念的变化，历史小说家对人的命运和人的本质的看法的变化，还反映了人对自我在历史中地位的认识的不断变化。

20世纪60年代出生的日本新生代中国题材历史小说家，如藤水名子、酒见贤一、井上祐美子、森福都等人在90年代陆续登上日本文坛。这些作家对中国历史文化抱有浓厚的兴趣，喜欢描写中国历史题材。但由于年纪轻、阅历浅，阅读量不够，且基本上不能直接阅读中文，历史知识并不丰富，对中国文化理解有限，故而不可能像老一辈历史小说家那样，在创作中尊重中国历史的真实，呈现中国历史的真实图景，而是将中国历史文化作为异域猎奇的对象和驰骋想象力的广阔舞台。虽然作品的背景设定在中国，人物是中国人，也有若干中国历史文化的氛围，但是并不受中国历史真实的束缚。这类小说实际上已经不再属于严格意义上的历史小说，而是将故事的背景、人物、情节假托于某一历史时空的纯虚构作品，属于历史小说与推理、冒险、娱乐、言情小说的嫁接。可以说，这类小说属于广义上的历史小说，而且已经成为日本文坛中国历史题材创作的主流，也是创作所有历史题材作品的主流。

三、井上靖作品的文化内涵

奥地利精神病医师、心理学家弗洛伊德把文学创作视为作家内在精神机制中"原欲"的外化与升华。这样的精神机制把握、控制着人类的思维及活动过程，与作家意识深层中的潜意识、无意识间存在着一而二、二而一的同位关系。弗洛伊德认为，作家创作的动因是幻想，是受到压抑的愿望在无意识中的实现。只有一个愿望未满足的人才会幻想，也只有幻想才能满足受压抑的愿望。文学要表现生活，作家要先从自己的人格结构出发，在自己的历史命运中去体验，回味那曾留给自己心灵最大震颤的生活。这样的生活往往是破碎的、幽隐的、难以名状的，大量保存在无意识的深层心理之中，形成一种称之为"情结"的精神机制。

井上靖之所以能体味中国文化的魅力并心向往之，除了他个人性格中存在的兴趣诉求之外，日本文学的审美传统也在发挥着作用。绝望和悲哀是日本文学固有的主导性意识，飞雪落花，鸟啼蝉唱，都能传递、诉说哀婉的伤感；人的纤细神经能为声声蝉唱慨叹，为片片落花移情。井上靖带着这般文化敏感走进中国的西部地区，通过写作对自己所理解和认知的西域遗存和丝绸之路进行形象性地诠释，从而在作品中构筑起一种唯属于井上靖的西域文化意念——"西域情结"。

关于中国传统文化及中国古典文学的影响问题，井上靖曾在与学者吉川幸次郎讨论"中国文学与日本文学的关系"时回忆说：他自己中学时代受中国文化的影响，"并不是在课堂上，而是自然地深入其中，受到熏陶的"[1]。他还说："从学生时代起，就喜欢阅读有关西域的东西。不知从何时起，对处于西域入口处的敦煌附近的几个都邑，分

---

① 周发祥.中外比较文学译文集[M].北京：中国文联出版公司，1988：347.

别有了自己的印象。这些印象全是从书本上得来的，并且极其自然地在我心中产生了。""西域，这个词一直充满着未知、梦、谜、冒险之类的东西。在那个时代，我就想，能不能真的到西域去旅行呢？"

实际上，"西域"这一概念本身是非常宽泛的，是中国古代史书上使用的概念。在中国的历史语汇中，起初是把中国疆域以西的空间笼统地称为"西域"，甚至可以包括南亚次大陆的印度和西亚的波斯。后来不再把印度和波斯包含其中，西域的概念被限定于中亚地区的国家。当然，现今的中国境内在古代存续过的一系列独立的民族政权，如西域三十六国，在中国古代的文献典籍中也属于西域的概念范围。西域即中亚地区，历史上多次遭到强大外敌的入侵，先有亚历山大大帝从马其顿率领罗马军团东征，后有阿拉伯人和蒙古人的铁骑侵入。在西域这片神秘的土地上，历史留下的战争痕迹随处可见，漫长的岁月在沙土的尘封下掩埋了太多的历史残片。

一个民族的兴亡应该有无数可以传达其悲哀与喜悦的逸闻，何况从公元前到现在的悠长岁月中，应该有无数美丽的爱情与悲哀的别离，以及我们现在难以想象的快乐团聚、幸福与不幸，发生在天山深幽的山腰中或红沙漠的正中央、锡尔河和阿姆河的河岸。可是，历史的巨流已把这些吞没得无影无踪。

正是这充满了"未知、梦、谜、冒险"的西域，引起了井上靖无限的遐想，激起了他对中国古代西域浩瀚无际的大漠戈壁和各民族交融而成的东方文化的向往。

恰如井上靖自己所说的，他从学生时代起就对中国及西域文化抱有浓厚的兴趣，憧憬和向往着古西域的文物风貌，格外关注当时日本学界对西域研究的成果和动向。早年对《史记》《汉书》等一大批中国古代典籍的涉猎与阅读，为其后续的西域小说及其他中国题材历史小说的创作奠定了坚实的史料基础与知识积累。

可以说，在井上靖西域题材的作品里，寄托着其从青年时代就萌生的"西域情结"。在其青年时代，井上靖屡次改变志向，调整转变生活方向，直至40岁凭借中篇小说《斗牛》一举登上日本文坛。在登上文坛的当年（即 1950 年），他发表了自己的第一篇西域题材小说《漆壶樽》。作品以日本奈良正仓院收藏的古代西域文物——漆胡樽为题材，从一个侧面表现了日本与古代西域之间的文化交流，表现出井上靖对西域历史文化的浓厚兴趣。从这个意义上说，对井上靖而言，撰写西域题材的小说就是其"西域情结"的一种具现。1977 年，丝绸之路新疆段对外开放后，井上靖得以踏上梦中的西域。他无限感慨地说："虽然小说的舞台被黄沙吞噬殆尽，荡然无存，但是我却觉得月光、沙尘、干涸的河道、流沙，从古至今，依然如故。每天夜间，我在呼啸的风声中，高枕无忧，睡得十分香甜、安稳。只有在倾注了青年时期心血的小说舞台上，我才能睡得如此香甜、安稳。"①

创作于 1950 年的西域题材小说《漆胡樽》的问世，使井上靖成为日本战后文学中第一个写中国历史题材的小说家。这篇小说的发表对井上靖而言，是其"西域情结"的最初体现。

在 1953 年发表的短篇历史小说《异域人》中，井上靖满怀对中国西域地区独特风貌的憧憬和对主人公高风亮节的尊崇描写了班超的一生，表现出苍凉、孤寂的艺术风格，确立了井上靖中国题材作品，尤其是西域小说的审美基调。

《异域人》以虚构的故事结局表明人的行为活动的终极意义是徒劳和虚无。在小说叙事的底色中，班超孤独的身影与作者对孤独的思考叠合为一、轩轾难分。其后推出的《楼兰》和《敦煌》，标志着井上靖已经触到了其内在"西域情结"的核心部分。《敦煌》是井上靖西域小说创作的高峰，在情节设置、叙事手法上都达到了娴熟的程度。井上靖的创作活动从写诗起步，诗化风格是其叙事描写的一个重要特点，他的西域小说也洋溢着浓郁的诗意、诗情和诗的氛围，《楼兰》中关于楼兰古国周边环境的描写犹有田园诗韵味，《洪水》中关于索励率领大队人马同洪水搏斗的场面描写颇似叙事诗的铺排，而《敦煌》则不啻为一篇壮丽恢宏的纪战性史诗。

---

① 井上靖.井上靖西域小说选 [M].耿金声，王庆江，译.乌鲁木齐：新疆人民出版社，1984：567.

在后续的作品中,《僧行贺的泪》《天平之甍》以西安（唐朝的国都长安）为舞台展开故事情节,《苍狼》《漆胡樽》《狼灾记》把中国的边疆地区作为主人公的活动范围,《敦煌》以河西走廊为故事发生地,《楼兰》《异域人》《洪水》等则以塔克拉玛干沙漠周围地带为主要舞台。井上靖在一系列西域题材的小说中,通过古朴幽深的笔致,表现出他对中国传统文化和民俗文化的思索与探寻。他触摸到的深厚的华夏母体文化内涵,把人们带回古老的遐想之中,去感受一种命运轨迹、一种人格力量。同时,井上靖也从未放弃对内在实感的追求,从未失去生动饱满的艺术激情。他的这些中国历史小说就是通过把深厚的文化底蕴与丰富的审美韵致相糅合,来展示一位日本作家内心深处对中国西域文化的向往。井上靖作为一位文学家,特别注重传统文化,这一点,从他创作的历史小说中可见一斑。

小说中的历史文化再现、历史观念的传达胜于对历史事件的单纯描摹。从井上靖对时代、事件、人物的精心选择上可以看出,他总是选择能与自己的主体理念碰撞出火花的历史人物和事件,从中挖掘出富有意味的文化原态,构思成同样富有意味的文学形象。他的谋篇布局、遣词造句,无不是在一种潜藏的历史文化意识的指导下悄然完成的。在井上靖的作品里,文化弥漫于字里行间,无处不在,有时是一种氛围或思想,如羚羊挂角,无迹可寻;有时则渗透在可感知的物质实体或细节之中,具有鲜活、生动的质感。通过对这些氛围、思想或实体的把握,读者不仅能发现历史人物生存的文化境遇及其在特定文化意识支配下的欲求和自我实现的动态过程,还能感觉到一种有别于读史的形象的、审美的文化品质。

井上靖的中国历史题材小说蕴含着极为丰富厚重的文化内容。从横向看,为我们呈现出了西域文化剖面的各个层次。从表层的文化现象到深层的文化精神,不同的文化因素被编入故事,不同的人物语言与心理折射出富有层次感的文化审美意蕴。

学界流行一种将文学按照观照和反映的社会文化的层次与区位作为标的进行结构性划分的做法,大致由物质、制度、生活方式和观念形态四个层面构成。文化的四个层面之间虽然具有相对独立性，但是又是相互联系、相互贯通的。物质层面的发展程度制约着其他层面的发展，而且在物质、制度等层面中也积淀着观念形态的文化。一个民族的风俗习惯往往是和该民族的信仰紧密联系在一起的。井上靖的历史小说均不同程度地体现和关照这四个层面的内容。通过他的作品，我们可以从中了解到不同时代生活在西域的人们的物质与精神状态，了解到生活在历史中的人们真实的文化境遇，从而加深对人性本身的认识。

在井上靖的中国题材历史小说中，物质、制度和生活方式这三个文化层面，作为人生存的物质基础、关系背景和行为方式，常常是作为外在的文化现象来描述的。这种描述貌似琐碎、枝节，却构成了小说的历史真实和艺术真实必不可少的一环。稍有出入，就会被认为描述失实，从而令人对整个叙述产生怀疑。这就要求作家即使在人物服饰、日用器物等细节的描写上也不能随意设想、信笔涂鸦，而是要尽力符合特定时代的历史真实。井上靖非常重视对各种文化现象、生活细节的描摹，几乎每部小说都或多或少地涉及饮食、服饰、建筑、交通工具、制度、礼仪、风俗等文化元素。这是历史中的人具体生活的方方面面，是行为中的人须臾不可脱离的文化背景和文化境遇。历史小说不是以叙述史实为目的的史著，而是塑造历史人物形象、再现历史真实的文学作品。因此，要使形象完美、生动、真实，就不能只表现抽象的人，而是要一并再现人物生存的细节与背景，使人物成为在某一历史阶段中的具体化存在。另一方面，描摹这些文化现象，有利于烘托一种历史氛围与文化韵味，因为文化的各个层面有着时代、阶级、民族的差异。将某一时代的物质文化与制度风俗点染出来，就凸显了该时代的风情面貌，使读者在阅读的过程中穿越时空隧道，与人物在同一情境中进行交流。比如《孔子》写了祭社神、太庙等风俗活动。这些活动代表了春秋战国时代人们的生活方式与生产力水平，使读者浸润于这一特定的历史文化氛围中，对那个时代人们的观念和思维方式感同身受。对特定民族、特定阶层的风俗习惯、生活方式的刻

画，有时会渲染出某种独特的历史文化风情与文化韵味，带给读者审美的愉悦。古人的生活方式经过千百年的积淀，已经成为暗藏着某种文化精神的独特的文化编码。因此，当它们被穿插在叙述中时，既渲染了一种透着"雅趣"的文化韵味，又传达了耐人寻味的文化精神。

在井上靖的全部创作中，西域题材历史小说所占比例不是最高的，但其艺术成就和影响却是最高和最深远的。作为战后最早着手创作这一题材的作家，井上靖为其后日本文坛的中国题材历史小说创作和繁荣开辟了先河。井上靖还是第一个将目光投向中国西域的作家，他曾经多次到中国的西北地区进行文化考察，足迹遍及河西走廊、南北丝绸之路，甚至塔克拉玛干沙漠腹地，为其西域题材作品搜集素材，寻觅灵感。

除小说外，井上靖还著有《我的西域纪行》一书。后来，其他日本作家对西域、对古代丝绸之路的强烈兴趣，以及随之而来的"西域小说"创作热潮，在很大程度上都是受到了井上靖的影响。

第二节　中国题材作品撷要

一、西域情结

（一）西域题材的历史小说

在井上靖的全部创作中，西域题材历史小说无论是所占比例，还是艺术成就和社会影响都是不能忽视的。井上靖率先将目光投向中国西域，紧随其后的其他日本作家对西域、对古代丝绸之路的强烈兴趣，以及接踵而来的"西域小说"创作热，在很大程度上都是受到了他的影响。

"西域"在地理和人文领域也许含义并不相同，在汉语的历史语汇中，曾经把中国疆域以西中亚地区的各个国家笼统地以"西域"总括泛称，甚至把南亚次大陆的印度和西亚的波斯也包括在内，多数时间"西域"的概念被限定于中国境内存续过的西域三十六国等政权。充满了"未知、梦、谜、冒险"的西域，引起了井上靖的无限遐想，激起了他对中国古代西域浩瀚无际的大漠戈壁和各民族交融而成的东方文化的向往。

正如井上靖自己所说的，他从学生时代起就对中国文化与西域文化抱有浓厚的兴趣，憧憬和向往着古西域的文物风貌，格外关注当时日本学界对西域研究的成果和动向。早年间对于《史记》《汉书》等一大批中国古代典籍的涉猎与阅读，为其后续的西域小说及其他中国题材历史小说的创作奠定了坚实的史料基础与知识积累。

1950 年，井上靖发表了他的第一篇西域题材小说《漆壶樽》。撰写西域题材的小说就是其"西域情结"的一种具现。1977 年，丝绸之路新疆段对外开放后，井上靖得以踏上梦中的西域舞台。

井上靖最具代表性的西域题材历史小说有《敦煌》《楼兰》等，其反映"西域情结"的一系列作品具有很高的艺术价值。除历史小说之外，西域题材的作品还包括西域诗。

（二）西域题材的散文诗

井上靖在少年时代就向往西域这块土地，和汉武帝一样，被西域的汗血马深深吸引。他先用自己的文学创作诠释"西域情结"，在其作品完成多年以后的 1978 年，才得以踏上自己作品中的舞台。1978 年井上靖应中国对外友好协会的邀请访问中国，1979 年又随日本 NHK 电视台《丝绸之路》采访组到敦煌采访，终于两次圆了他的敦煌梦。在那里，敦煌文物研究所所长常书鸿向他详细介绍了敦煌的历史、文物和发掘经过，和他一起跨进他小说中曾经描绘过的千佛洞，使他感慨万千。回到日本后，他不仅发表了散文《敦煌与我》，还创作了多篇散文诗，抒发自己西域之行的感受。下面就是他为西域纪行所写的诗篇。

1.《若羌村》

沙漠包围的若羌村入睡了。深夜，在呼啸的风声中睁眼醒来。窗外，称作树木的树木都一齐倒伏着。早晨，站在村头看去，沙尘已经包住了杳无人迹的四方来路，那里出现

了骡马和骆驼。故里，这想法重新抓住了重回床头的我。前生，还有前生的前生，我在这里出生，在这里长大。于是在传入耳中的风声中，想法变成了确信。

2.《白龙堆》

由太古风蚀而成的石灰性黏土的波浪，展延到一望无际的天涯，沙与土之波涛的扩展，在这里所看到的死是壮大！中国古代的史书上叫白龙堆，这或许是它是由龙的脊骨编织而成的白色地带之故。

这里落日庄严，月光壮丽，为非人之居处。连自己背后曳着的身影，也都觉得秽污。站在它的一角，我成了圣地的冒犯者，吸香烟！如果，连孤独也被拒绝，那么，人就只好在此耍无赖，除此之外，别无他途。

3.《木乃伊的遗迹》

漫步在沙漠上，这里沉睡着2000年前漂亮的都市。沙里随意混杂着石英。这是有天使壁画出土的遗迹。为什么没有了漂亮的城市呢，各种眼睛、肌肤的男人与女人都在相恋、在跳跃，生出有翼的美丽混血儿的城市。不知什么时候，一夜之间洪水把一切都冲走了。只有洪水，才能埋葬这漂亮的城市。

4.《如果在这里》

如果在这里我死了。

我想，那定是经过了10个小时的汽车跋涉，驰过沙漠和戈壁，刚刚到达，这晚风渐息，薄暮中的村落之时。

如果在这里我死了。

那夜，我在床上，曾再度地想过，死后很简单，就让我睡在沙漠的沙棘之中，成为木乃伊。既不是地狱，又不是极乐，只是沙的世界。家族成员不来，谁都不来，只是个木乃伊。

如果在这里我死了。

那夜，我的睡眠很安逸，在未曾有过的安详之中。我睡着了。

在这些散文诗中，井上靖写到梦中遐想，自己"前生，还有前生的前生"，在这里出生，在这里长大，这正是他感到敦煌之行如归故里的真实写照。没有沙漠中的敦煌，便没有井上靖小说中的敦煌。"西域之行中最快乐的是思考或回想这些地方所蕴含的历史。"他站在古国的遗址面前，无穷的思绪在脑中驰骋，洪水把它淹没，才会使昔日的繁华变为废墟。也许他的推测并不正确，或许是河流改道失去水源才使这里的人们不得不远迁他乡。但不管怎样，他好像仍然在继续他何以书藏洞窟的探问，试图解开历史之谜，在历史的间隙中构筑他的小说世界。对他来说，敦煌和敦煌周围的沙漠有永远解不完的谜。他的《楼兰》《昆仑玉》《永泰公主的项链》《苍狼》《异域人》《洪水》等作品，都是以西域为舞台创作的，他的散文诗总是流露出一种回归故里的充实感。

二、《天平之甍》

人类的历史由个体的人组成，历史内容则以具体的人负载，描写、探视、分析人性是一切人文科学的目的，也是文学写作的宗旨。井上靖认为历史小说必须在尊重史实的基本前提下运用文学想象为历史补白，以虚构的人物行为和实践填充历史的空隙。总体来看，井上靖的中国历史题材小说大致可以分为两类：一类严格遵照历史年代和有关史实，采用客观、写实的笔法，文学虚构的成分较少，以《天平

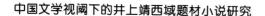

之甍》为代表；一类是根据现存少量史料进行大胆的想象和推理，文学虚构的成分较多，以《敦煌》为代表。面对历史小说写作如何处理"史实"与"虚构"关系的问题，井上靖将"史实"放在首位，通过丰富的想象空间来填充历史的空隙，这种观念在创作长篇小说《天平之甍》时已经逐步形成。

1955 年，友人安藤更生劝井上靖从小说家的角度写一部鉴真的传记。早就倾心于西域与东亚文化交流的井上靖由此萌生出创作冲动，他要将鉴真东渡背后的日本留学僧推向台前，从以鉴真为中心的《唐大和上东征传》不同的角度审视鉴真东渡。于是，井上靖开始关注和搜集有关鉴真的文献资料，以严谨科学的态度进行详细地论证研究。

关于鉴真的事迹，日本历史上留传下来的文字记载不多。鉴真的随行弟子唐朝僧人思托曾著有《大唐传戒师僧名记大和尚鉴真传》三卷本，详细记载了鉴真从决心东渡日本到在日本布法传艺的始末。可惜这三卷早已失传，只有片段残存。奈良时代的著名学者淡海三船，曾应鉴真弟子思托的请求，以思托的《大唐传戒师僧名记大和尚鉴真传》为蓝本，在鉴真圆寂 16 年后，用汉文撰写了《唐大和上东征传》（俗称《东征传》），被视为《大唐传戒师僧名记大和尚鉴真传》的缩略版，是关于鉴真生平事迹的唯一完整可靠的史料。《续日本纪》中虽也有鉴真事迹的相关记载，但内容欠翔实。早稻田大学教授、日本著名学者安藤更生先生，在这些史料的基础上，对鉴真东渡的史实和相关人物进行了详尽地研究。这些史料及其研究成果，都对井上靖的小说创作有一定程度的影响。

由于《唐大和上东征传》文本的存在，井上靖在究竟是否有必要创作同一题材方向的小说问题上犹豫不决。正如他在"自作题解"中所言："既然已有淡海三船的《唐大和上东征传》，还有再将它小说化的意义吗？为此，我很长时间未动笔……然而，我想把它用现代人容易接受的现代小说的形式进行再创作，让更多的人了解伟大的鉴真，这也不是毫无意义的事情。我这样说服了自己。"淡海三船的《唐大和上东征传》，在"鉴真东渡"这个题材领域内已达到一定的高度，是一部至今仍然散发着思想和艺术魅力的作品。这样一个事实，至少为后来的文学家们设置了两方面的限制：一是文学自身的发展决不允许后来者只是一种量的积累；二是时代审美理想的变化和提高，向文学提出了从崭新的角度去感受这一题材的要求。正是这两方面限制的艰巨性，使井上靖最初对这个题材的创作望而却步。然而，在文学中，历史是以人们的心理和情感方式存在的，而不是固定不变的物质客体。正是因为这样一种时代心理的变化，决定了每一个时代的读者都会渴望从当下的时代审美去把握和感受某一段历史，这便为创作"历史题材"的作家提供了成功的可能。

井上靖在创作前认真阅读了淡海三船所著的《唐大和上东征传》等日本现存的历史资料，对该书的叙事体例、人物刻画、心理活动揭示、环境场景描写无不认真研习，深入探究。在创作观念上突破《唐大和上东征传》中单纯记录鉴真活动的局限，在突出鉴真的同时肯定性地评价了五位日本留学僧在东渡这一重大历史事件中所发挥的作用，以他们的命运来衬托鉴真东渡这一历史事件在中日文化交流史上的意义。

1957年，为配合中日两国间的佛教文化交流，井上靖推出了以鉴真东渡为题材的长篇历史小说《天平之甍》（"甍"的意思是屋脊。在作者心中鉴真师徒被视为日本天平时代的文化屋脊），这部作品事实上是成就井上靖"历史小说家"地位的扛鼎之作。《天平之甍》最初发表于《中央公论》（1957年3月至8月），后又由中央公论出版社出版了单行本。在日本从战后改革期进入平稳发展期的背景下，《天平之甍》发表之后获得了知识分子阶层的支持，作品发表的第二年便获得了艺术选奖文部大臣奖。

鉴真东渡在中日文化，特别是中日佛教交流史上是一个重大事件。日本古代正史《续日本纪》（24卷）对这一事件有明确的记载。

（天平宝字七年）五月戊申，大和尚鉴真物化。和上者

扬州龙兴寺之大德也，博涉经论，尤精戒律，江淮之间独为化主。（唐）天宝二载，留学僧荣睿、业行等白和上曰："佛法东流至于本国，虽有其教无传授，幸愿和上东游兴化。辞旨恳至，咨请不息。乃于扬州买船入海，而途中风漂，船被打破，和上一心念佛，人皆赖之免死。至于七载更复渡海，亦遭风浪漂着日南。时荣睿物故，和上悲泣失明。（天平）胜宝四年，本国使适聘于唐，业行乃说以宿心，遂与弟子廿四人，寄乘副使大伴宿祢古麻吕船归朝。于东大寺安置供养。

这里提到的人物，除鉴真外，还有日本留学僧荣睿、业行，这两位留学僧都是井上靖小说《天平之甍》中的主人公。《天平之甍》中的主要人物还有普照、玄朗、戒融，他们与荣睿、业行一样，都是日本相关史料《延历僧录》《唐大和上东征传》中记载的真实人物。

小说以鉴真和尚东渡日本为中心，塑造了中国和尚鉴真为弘扬佛法百折不挠、义无反顾的献身精神。小说通过对五位不同性格的留学僧的描写，概括了不同类型的留学僧的最终归宿。日本留学僧到达中国后，面对完全不同的异域文化，做出了不同的选择，也决定了各自不同的命运。五位留学僧从不同的角度充当了中日文化交流的使者，这也是作者最终要表达的主题。井上靖尊重史料，自始至终坚持史料的真实性，使作品在叙事方面取得了巨大的成功。相对于鉴真的描写，井上靖对五位留学僧的描写则充分发挥了想象力，对史料进行了自由的填充，但并不是直接展开对人物内心纠葛的描述，而是透过外在的对抗，来揭示主人公克服自我、战胜自我的心路历程。同时，井上靖没有刻板地再现和平铺直叙地描述历史生活，也没有完全拘泥于情节的历史真实性，而是将叙事与抒情巧妙结合，深入剖析了人物性格的内在矛盾及其复杂性。

日本作家广津和郎在《读〈天平之甍〉》一文中写道："这部小说里最打动人心的是鉴真大师的形象，他在决定东渡之后几经失败也不气馁，年老失明也不改钢铁般的意志，历经十年终于东渡成功。"另一位日本作家福田宏年认为《天平之甍》是井上靖历史小说中最好的作品。而文学批评家浦生芳郎在评论《天平之甍》的艺术成就时则说："该作品以鉴真东渡这一史实和《唐大和上东征传》这一有力的史料为竖线，以直接或间接与这段历史产生联系的五位留学僧的命运为五色横线，为读者编织出了一幅古代历史图案，一幅天平时代的历史图案。"①

小说成功地描写了鉴真和尚顽强东渡的超人毅力和感人事迹，也描写了几位日本学问僧的热情与坚毅，叙写了围绕人物命运展开的恢宏历史。小说以日本留学僧普照作为视点人物叙述故事，其他人物也轮番登场，交相辉映。但是这部小说似乎在结构上并未设立固定的主人公，情节全然围绕鉴真一行东渡日本这一中日两国古代文化交流史上的重大历史事件进行铺排描摹，在事件的叙述中同步塑造了鲜明生动的人物群像。作品人物鉴真、荣睿、业行、普照、玄朗、戒融均是历史文献中有实际记载的真实人物。同时，作品着意凸显历史年代和历史事件，有效地增强了作品的时代纵深感。小说中对鉴真形象的塑造非常有趣，井上靖从现存的鉴真铜像上获得灵感，将鉴真描绘为"骨骼壮实，身材魁梧……显出坚强意志"的日本武将形象，使鉴真的形象在读者脑海中栩栩如生，极为生动。

1963 年，中日两国有关文化与宗教团体联合举行唐鉴真和尚逝世 1200 周年的纪念活动，作为活动的一项内容，世界文学出版社委托楼适夷翻译井上靖的《天平之甍》，当年 6 月《天平之甍》汉语译本由作家出版社出版发行，把《天平之甍》介绍给了中国读者。1978 年，陈德文将刊登在日本《舞曲扇林》杂志 1974 年第 20、21 合刊上的剧本转译为同名中文剧本，由江苏人民出版社出版发行。书末附有井上靖写的《扬州雨》、河原崎长十郎写的《关于剧本〈天平之甍〉》、郭沫若写的《鉴真和尚圆寂一千二百周年纪念》七言诗一首，以及

---

① 长谷川泉 . 井上靖研究 [M]. 东京：南窗社，1974：254.

赵朴初写的《调寄梦扬州——访鉴真和尚故居扬州法净寺词》一首和《喜春来》小令一首。

也是在 1963 年，根据井上靖所著小说《天平之甍》，井上靖本人会同剧作家依田义贤从小说出发改编成为同名的舞台剧剧本。依田义贤担任编剧，河原崎长十郎担任导演，著名演员河原崎长十郎、中村玩右卫门等人担任主演，由前进座剧团在东京举行公演，将鉴真和尚的形象搬上了舞台。至 1965 年，仅在日本国内便巡回公演了 202 场。2003 年，为了纪念鉴真东渡 1250 年和《中日和平友好条约》缔结 25 周年，前进座剧团自 10 月 11 日起再度在中国演出了歌舞剧《天平之甍》，在北京、扬州、上海巡回演出历时半个月，观众反响强烈，好评如潮。

2007 年，为纪念中日邦交正常化 35 周年，中华人民共和国中央电视台在黄金时段播映了 16 集电视连续剧《鉴真东渡》，当可视为井上靖于半个世纪之前开启的通过鉴真东渡题材进行中日友好文化交流事业的延伸。

三、《苍狼》

1959 年，井上靖的历史小说《苍狼》一经发表便见重于文坛，不但连续数周位列畅销书榜首，而且荣获了该年度的《文艺春秋》读者奖。有评论家认为这部"规模宏大的历史小说"是"井上靖文学的转折点"，是一部"现代英雄叙事诗"。《苍狼》的主人公是蒙古族的旷世英雄成吉思汗。

13 世纪时，马背上的蒙古牧民组成的骑兵军团，南北驰骋东征西战，几乎横扫了整个欧亚大陆，征服了从东海到欧洲腹地的广袤地区。从西伯利亚冰雪覆盖的冻土地带到印度酷热的五河平原，从越南的水田到匈牙利的林地，从朝鲜半岛到巴尔干地区，铁骑所到之处皆成疆域，横扫竖跨的地域范围包括欧亚大陆上的近 30 个国家，而创造这一奇迹的蒙古人口总计仅 100 万，参加征战并所向披靡的军队人数只有 10 万左右。

　　蒙古军队的血腥扩张，所到之处无不带来恐怖、苦难与死亡。它给被征服国造成的经济、文化破坏和精神创伤，使今天的人们依然不寒而栗。另一方面，蒙古帝国打破了此前存在的此疆彼界所带来的种种阻隔，蒙古人的西征，沟通了欧洲、亚洲之间的交通，使东西方经济、文化交流空前地频繁起来。因此，整个蒙古民族的兴衰过程，引起了从学生时代就向往西域的井上靖的强烈兴趣。然后，他深深地意识到，整个蒙古民族的兴盛归根结底是系之成吉思汗一身的。假如没有成吉思汗这个英雄的出现，蒙古、亚洲乃至欧洲的历史将不会是我们看到的样子。

　　然而，井上靖是如何对蒙古民族产生兴趣的？又是怎样与成吉思汗这一重大历史题材结下不解之缘的呢？据作者在《〈苍狼〉的周围》一文的自述，井上靖在早年并没有对成吉思汗题材留下多深印象，"二战"末期，井上靖在大阪书店买到日本蒙古学创始人那珂通世博士翻译的《蒙古秘史》（日译本名为《成吉思汗实录》）。《蒙古秘史》被称为"蒙古民族的《史记》"，详尽记载了成吉思汗幼年及青壮年时期的事迹。后代的史学家、传记作家在论及成吉思汗及蒙古民族问题时，多以此书作为佐证。书中记载了成吉思汗先人谱系、成吉思汗的生平事迹，以及窝阔台统治时期的历史。阅读之后，井上靖被蒙古民族的兴盛历程深深吸引，产生了强烈的创作冲动。关于定名"苍狼"的原因，井上靖在其撰写的作品"解说"中解释说："据《蒙古秘史》的开篇处记载，传说蒙古民族的祖先——苍色如黑夜的狼和惨白如白昼的鹿肩负着上天的使命，共同渡过西方辽阔美丽的湖畔来到不儿罕山，在这里繁衍了蒙古民族的子子孙孙。"[1]

　　井上靖被这个美丽的传说深深打动，便在构思之前定下了作品的名字。以"苍狼"作为书名，固然起源于蒙古民族有关苍狼与白鹿的神话传说，但更深层的含义在于作者想以此来表现成吉思汗的精神力量，这也正是作品发表后在日本文坛引起争论的"狼原理"的起源。

---

[1]　井上靖.井上靖历史小说集：第4卷[M].东京：岩波书店，1981：360.

确定写作方向之后，井上靖搜集了大量关于成吉思汗和蒙古民族的文献资料认真阅读，为自己的小说写作打下了坚实的基础。

阅读《成吉思汗实录》，井上靖最先萌生的想法是抒写兴盛发展的整个蒙古民族。井上靖通过《我的文学轨迹》谈及历史小说创作这个话题时曾这样说："在《苍狼》的创作过程中，我有一种强烈的欲望，我要写出我所理解的成吉思汗。我没能搜集到所有的资料，当然也不可能找到所有的资料，也没有那个必要。但我要将成吉思汗这个世界征服者置身于兴盛发展的民族洪流中去写。"①于是，井上靖决定以成吉思汗为中心人物来描写蒙古民族的兴盛史，他说："我写成吉思汗，并不想写成横跨欧亚的蒙古帝国的英雄故事，也不想写成史无前例的残酷侵略者的远征史。写成吉思汗的一生，虽然需要涉及这些方面，但是我最想探寻的是成吉思汗那无穷无尽、不知疲倦的征服欲望是从何而来？这是一个难解之谜。"他又说："之所以萌生写某一历史人物的欲望，对我来说，主要是对这个历史人物有感到疑惑不解的地方。如果我对某个历史人物完全不理解，那么我就认为自己和他无缘，一开始也不会萌生写这个人物的欲望；相反，如果非常了解某个历史人物，那就更不会有写这个人物的念头。我之所以想写成吉思汗的一生，是因为我对这个人物有一点理解，但却又有难以理解的地方。那就是他强烈的征服欲的根源是什么？这是一个秘密。"井上靖要进一步解释的这个"难以理解的地方"是指所要写的"人物的行为"。

《苍狼》既是成吉思汗的传记小说，又是以成吉思汗为主体的一部蒙古民族的崛起史，从文学作品的角度来看，也是成吉思汗精神世界和他"无穷无尽、不知疲倦的征服欲"的心理世界的探险史。井上靖在描写成吉思汗的数次征服战争的同时，十分注意表现其产生征服欲望的心理"秘密"，那就是他的"出身之谜"。井上靖根据史书上成吉思汗出生年份不一，其母也是"抢婚"得来的女人等极其简单的

---

① 井上靖.我的文学的轨迹[M].东京：中央公论社，1977：161.

记载，沿着事件和人物性格展开合理想象，构思出当时历史条件下可能发生的故事情节。

历史事实是，出身遭到质疑的人是成吉思汗的长子术赤。术赤出生之前，母亲孛儿帖曾经被蔑儿乞惕部落抢走，在那里生活数月之久。成吉思汗生平发动的第一场战争就是向蔑儿乞惕部落复仇，夺回妻子孛儿帖。被夺回的孛儿帖不久便产下一男婴，成吉思汗为其取名"术赤"。"术赤"一词在蒙语中有"不速之客""客人"之意。井上靖在探求成吉思汗的"强烈的征服欲的根源"时，将有关蒙古祖先由来的"狼神话"与成吉思汗的母亲也是"抢婚"得来的女人这一史实结合到一起，虚构出了他的"狼原理"。在《苍狼》中，成吉思汗是在其母从蔑儿乞惕部落被抢回后不久出生的，这使他对自己的蒙古黄金家族血统产生了怀疑。流传于蒙古部落的狼的传说，使他相信只有通过不断的征服，把自己变成狼，当上蒙古的可汗，才能证明自己是蒙古黄金家族的血统。因此，他不断发动战争，通过战争证实自己是狼的后代。作者在《苍狼》中依据传说的想象虚构人物的心理，力图还原英雄人物的内心世界。井上靖笔下的成吉思汗，不再只是一个攻无不克的英雄符号，而是一个充满着复杂情感和自身矛盾的人物个体。而有关成吉思汗"出身之谜"的虚构，正体现了井上靖历史小说的创作理念，从而增强了《苍狼》作为历史小说的可读性。2007年，在全球30多个国家和地区同步上映的电影《苍狼：直至天涯海角》，故事情节大多取材于井上靖的小说《苍狼》，影片从另一个侧面，展现了作者以东方人或东方民族特有的情感看待成吉思汗这位历史人物的特殊视角。同时，井上靖在作品中充分表现了成吉思汗的"苍狼"性格——群体性、残酷性、坚忍性和扩张性，从审美的角度对成吉思汗及蒙古民族的性格特征加以审视，并进行了诗意化处理。

井上靖在充分占有史料的基础上，运用丰富的想象力，对成吉思汗这一人物形象进行了艺术虚构。"狼原理"是井上靖根据蒙古民族的古老传说，艺术虚构出的《苍狼》中成吉思汗不断发动对外战争的心理根源。利用传说来丰富情节和人物，是历史小说艺术虚构的一种

方式。传说是历史上众人口耳相传的故事，本身就有某种程度的虚构成分，而且往往带有较多的传奇色彩。在历史小说创作中，如果有选择地采用并进一步加工，可以丰富作品的故事内容，塑造浪漫主义色彩的人物形象，增强小说的艺术感染力。

小说顺应史料的导引进行虚构和发挥，创造的形象不仅是史书中人物的具体化与具象化，还是它的扩充和放大。这种虚构方式也正是历史小说区别于"史实"的地方。文学创作本身就是虚构，没有虚构就没有文学创作，就没有小说艺术。历史小说的魅力得力于虚构而非铺陈"史实"，史实本身并无艺术性。

在《苍狼》中，井上靖运用现代心理分析手段，以心理学家的身份深入到成吉思汗的内心世界，探寻其精神机制的构成原因及生命活动的内在动力。黑格尔说过："艺术美的职责就在于它须把生命的现象，特别是把心灵的生气灌注现象，按照他的自由性表现于外在事物。"①《苍狼》不仅表现了成吉思汗个人的精神世界，还反映了整个蒙古民族兴盛发展的全貌。《苍狼》中对"狼原理"的不断求证，是作者对成吉思汗内心世界不断探寻的一种表现方式。通过对成吉思汗生命活动内在动力的不断探究，成功地描绘出成吉思汗的精神世界，使成吉思汗的艺术形象达到了"形神兼备"的艺术水准。

井上靖写作《苍狼》时所依循的"狼原理"是在深入研究多方面史料的基础上，通过对成吉思汗扩张战争的史实进行推理而描写出的情节。成吉思汗统一蒙古部落是为了实现世代蒙古人的梦想，南征金国是为先祖俺巴孩汗复仇。但在完成统一、复仇大业之后，为什么还不断远征西夏、西辽、花剌子模？当时的花剌子模在经济、文化等各方面远远超过蒙古部落。蒙古部落不但落后，而且因连年征战，人力、财力都十分匮乏。如果说西征花剌子模是为了摆脱贫穷，也不足为信。实际上，南征金国后，金国岁岁朝贡的金银珠宝足以使蒙古部落富足起来。为西征花剌子模这一大业，成吉思汗动员了 16 岁到 70

---

① 黑格尔.美学:第 1 卷 [M].朱光潜,译.北京:商务印书馆,1979 年:198.

岁的所有蒙古男子，如果失败意味着成吉思汗奋斗一生的事业将付之一炬。然而，成吉思汗在征服富庶、发达的花剌子模后，仍然不断扩张，又先后到达印度、里海、俄罗斯等地，这又是一种什么力量呢？

在作品中，井上靖赋予成吉思汗以"出身之谜"的悬念，"出身之谜"使成吉思汗对自己的血统产生怀疑，但流传于蒙古部落的狼的传说使他相信只有通过不断的战争征服，将自己变成狼，当上蒙古的可汗才可以证明自己的蒙古黄金家族的血统。成吉思汗对同样怀有出身之谜的长子术赤说的第一句话就是："我能变成狼，你将来也必须变成狼！"[1]在其后蒙古对外扩张的战争中，成吉思汗就以这个"狼原理"要求自己和术赤，术赤立下卓越战功时，也正是成吉思汗最兴奋的时候。"自己对术赤的情感，究竟是爱，还是恨？连成吉思汗自己也弄不清楚。成吉思汗对术赤有时是爱，有时是恨。爱和恨在不同的场合表现出不同的内容和形式。但有时混合在一起，表现出极为复杂的情感。"这里所说的"复杂的情感"当然也包含成吉思汗对术赤出身之谜的疑惑，因此只能"赐给"他"连续不断地充满着苦难的命令"，让他"一次再一次地去完成那些责无旁贷的使命"。通过不断的战争征服证明自己是狼的后代，是蒙古黄金家族的继承者。后来，当年迈的成吉思汗得知术赤病逝于钦察草原时，才明白自己原来比谁都爱术赤，爱这个和自己有着同样命运的儿子。术赤和自己一样，在用毕生的功业去证明自己是真正的蒙古狼的后裔。

井上靖的《苍狼》是历史题材小说的一次成功的挑战，"出身之谜"即"狼原理"的虚构，是作者对依靠文献无法解决的成吉思汗"无穷无尽、不知疲倦的征服欲"的疑问做出的酌情推理，也是《苍狼》与其他成吉思汗传记小说的不同之处和小说取得成功的最重要部分。

乐黛云教授在论及全球化语境下的多元文化发展时说："任何伟大的艺术作品总是体现着人类经验的某些共同方面而使欣赏者产生共鸣，也是作者本人的个人经验、个人想象与个人言说。伟大作品在被创造

---

① 　井上靖.井上靖历史小说集：第4卷[M].东京：岩波书店，1981：103.

时，总是从自身文化出发，筑起自身的文化壁垒，在被欣赏时，又因人们对共同经验的感知而撤除了不同文化之间的隔阂。"历史小说的创作困扰作家的一个问题就是如何处理好历史真实与艺术真实的统一。因为读者的期待虽然不一，但是对小说历史意味的理解与感悟却是共通的。文学是一个具有自身规则的话语系统，按照结构主义文学批评的观点，语言形式本身就包含着特定的意义。为了达到历史真实与艺术真实的统一，作家从文学的审美本质出发，用历史唯物主义的态度和时代精神观照历史，在不违背大的历史事实的原则下，以刻画人物性格为中心，着力表现人物复杂的内心世界和丰富的精神追求，由此决定生活细节的取舍与虚构、人物关系的建立与转换、故事情节的构思与安排。

历史是真实的、客观的，而小说是虚构的、主观的，差异远远大于相交。历史小说取材于历史，又凭借想象虚构为小说。好的历史小说虽虚构成分居多，但能有力地展现历史上的种种人物和时代精神。这种虚与实相间的复杂状况，使历史小说和历史之间既有深深的羁绊，又有明显的距离感，从而构成作品各不相同的历史性和审美要素，蕴含历史与艺术的辩证关系。如何处理这种关系，是影响作品价值的关键性因素。

历史性的核心是历史的真实性，是作品给予读者的历史真实感。历史小说所反映的历史真实具有明显的"似是而非"的特性，融入大量想象和虚构的历史人物和事件只能"似"历史，不可能"是"历史，它们是虚拟的小说意象，并非历史人物和事件的真实写照，这就是历史小说的似史性。关于历史小说，胡适就说过这样的话："最好是能于历史事实之外，造成一些似历史而非历史的事实，写到结果却又不违背历史的事实。""事实"就是人的作为、言论、生活状况，属于人的形迹，即所谓"形"。这种"似历史而非历史"的"形"是历史小说似史真实的重要部分。以"形"显示似史的人物情操和时代精神的"神"，才能构成以"形"写"神"的拟实小说艺术。大量的虚构使作品的具体内容和思想精神一并具有似史的真实，也正是这种似史的意象使创作超越空间，构筑起既像历史又超越历史的小说意象，展示出种种富于美感的历史人物和历史精神。

由于作品的大量内容和生活画面都出自想象和虚构，要使意象具有较强的似史真实感，就要注重运用史料和熟悉历史知识，深入研究历史的特定人物和事件，认识其本质意蕴，为想象与虚构引路照明，使其顺应历史方向，创造出似史与超越相统一的艺术境界。井上靖在小说创作过程中始终贯彻这一创作理念。他在创作小说《苍狼》前搜集、研究史料，创作中反复深入历史，又跳出历史，用现代小说的形态艺术地表现历史，从而营造出似史与超越相统一的艺术境界。

1959 年，《苍狼》发表后获《文艺春秋》读者奖，并登上畅销书榜首。有评论赞誉这部作品叙事"规模宏大"，推崇其是一部"现代英雄叙事诗"。

井上靖创作《苍狼》，摆脱史书的限制，在小说中树立了两个题旨走向：一是主导人物性格的"狼原理"，二是主人公成吉思汗对女性的不信任。这两个问题实际上存在着一而二、二而一的辩证关系，前一个方面是后一方面的基础，后一问题是前一问题的发展和延伸。

蒙古民族关于狼图腾的传说认为，苍色如黑夜的狼和惨白如白昼的鹿肩负着上天的使命，共同渡过西方辽阔美丽的湖畔来到不儿罕山，在这里繁衍了蒙古民族的子子孙孙。成吉思汗一方面认为只有不断对外扩张才能证明自己是蒙古狼的后代；另一方面也想通过传说中"苍色如黑夜的狼"的伴侣"惨白如白昼的鹿"，来证明自己狼的身份，并在祖先繁衍生息的不儿罕山继续祖先的使命。而这"惨白如白昼的鹿"，在成吉思汗看来必须是纯洁的。关于这一点，大冈升平曾提出质疑，认为古老的蒙古民族是没有贞操观念的。实际上并非如此，在以男性为主体的蒙古游牧部落之间经常为争夺某一生存空间或某一猎获物而发生战争，所获俘虏男性全部杀害，女性为仆或为妻，后来演变为以掠夺对方妇女为目的的战争，以至成为各部落之间习惯性的报复。成吉思汗的母亲、妻子都是通过"抢婚"得来的，也因此

与其他部落结下了世仇。虽然蒙古部落间存在"抢婚"，但是不等于说蒙古民族没有贞操观念。

然而，与其说成吉思汗对母亲和妻子曾被敌人夺走，失去操守而耿耿于怀，不如说是她们被夺走后带来的后果深深困扰了成吉思汗的一生。当幼年的铁木真第一次从同父异母兄弟的口中得知自己不是父亲也速该的儿子时，"虽然他并非深信不疑，但是因此受到了沉重的打击"。此时的"铁木真多么想找个人解开埋在心底的疑团！倘若问母亲诃额仑，或许能立刻把这个问题弄得水落石出。可是，铁木真担心直接问母亲关于自己出生的隐私，会再次使母亲像自己射死同父异母弟弟时那样怒不可遏"。就这样，出身之谜一直困扰着成吉思汗。母亲去世后，"铁木真似乎得到了迄今为止从未有过的自由"，"再也没有一个人来监视自己所考虑的事情了。以前，铁木真尽量使自己相信自己是苍狼和鹿的后代。每当这时，总感觉母亲诃额仑的存在妨碍自己的那种想法"。而有着同样出身之谜的长子术赤的出生，更加重了成吉思汗的这种痛苦。他意识到术赤"将来也像自己一样，为是否具有蒙古血统而痛苦一生，同样需要变成狼来证明自己的蒙古血统"。"我能变成狼，你将来也必须变成狼！"这是成吉思汗对术赤说的第一句话，蕴含着肩负同样命运的父亲对儿子的特别情感。

所以说，成吉思汗对女性的不信任实际上是"狼原理"的进一步延伸发展。而这种"对女性的不信任"又是相对的。在小说中，成吉思汗除正妻孛儿帖之外，对曾多次身陷险境却仍坚守贞节的忽兰产生了真挚的爱情，认为她就是传说中"惨白如白昼的鹿"的化身。当成吉思汗看到"在动乱的旋涡中度过了十天的女人"，"胸部和后背满是被毒打之后留下的青紫色的伤痕"，相信"她的的确确保住了圣洁的贞操"。[①]因此，"他再一次感到自己现在比谁都更爱这个女人，也许终生都会矢志不渝地爱着她"。在以后的多次出征中，成吉思汗都让忽兰陪伴左右，而包括正妻孛儿帖在内的其他女人从未得到过如此

---

① 井上靖.井上历史小说集：第4卷[M].东京：岩波书店，1981：17.

殊荣。所以说，如果"成吉思汗对女性不信任"这一主题成立的话，就无法解释成吉思汗对爱妃忽兰的这段感情。作品对忽兰所生的儿子阔烈坚的情节处理，实际上也是"狼原理"的演变。面对具有百年基业的金国，成吉思汗做好了全军战死沙场的准备。开战之前，成吉思汗将自己和爱妃忽兰所生的儿子阔烈坚送给了不知姓名的蒙古族人抚养，"让他依靠自己的力量长大，变成蒙古狼吧"！一方面，成吉思汗是想通过这种方式保护自己最心爱的儿子，面对生死存亡的残酷战争，这也许是最好的选择。另一方面，成吉思汗想通过自己和最纯洁的"惨白如白昼的鹿"的化身忽兰的子孙变成狼的事实，来证明自己确是狼的后代，而这一切却无法告诉忽兰。"一旦说出口，顷刻间就会像泡影一样破灭，四散得无影无踪。"因此，成吉思汗把阔烈坚送给不知姓名的人抚养，是对爱妃忽兰、爱子阔烈坚表达情感的一种特殊方式，这正是《苍狼》最为成功的地方。

井上靖在谈及"历史小说与史实"这一话题时，说自己创作《苍狼》时，手边的史料文献只有《蒙古秘史》《蒙古年代记》和《蒙古源流》三本书，而其中除了一处阔烈坚被送给平民的文字外，没有关于阔烈坚的历史记载。成吉思汗与正妻孛儿帖的四个儿子，在史料中却有详细的记载。因此，井上靖在《苍狼》中顺应情节发展，展开合理想象，赋予阔烈坚以继续"狼原理"的使命。

总之，井上靖在其历史小说创作中，基本上贯彻了这样一个原则："以文学的想象来填补史实的间隙"，既尽量恪守历史的真实，又追求诗的、审美的真实。《苍狼》的创作手法，真实中饱含着丰富的想象，虚构中不失历史的真实，使虚与实融为一体，构成一幅完整的历史画卷，为历史小说的创作开辟了一条新的路径。

四、《孔子》

1989 年，时值孔子诞辰 2540 周年之际，井上靖推出了以《孔子》为名的长篇历史小说。这部经过 10 年酝酿准备，集作者 40 年创作之大成的力作一经面世便见重于文坛，出版后十分畅销，并荣获了该年

度的野间文学奖。随即,《孔子》又在欧美国家和东亚地区得到出版和译介,产生了积极的文化影响。

井上靖在其耄耋之年选择写作"孔子"题材为自己的文学生涯收山封笔,除孔子思想在日本长期传播、影响的客观因素之外,井上靖本人自幼从习汉学,接触并受到以孔子思想为代表的中国儒家文化的熏陶教育更是决定性的因素。井上靖在与吉川幸次郎对谈时,不仅提及自己就读的中学设有汉文课,自幼便对《论语》等中国文化典籍有所了解,还表示自己接受中国文化影响并不是用上课的形式,而是自然地深入其中受到熏陶的。

井上靖创作《孔子》的动因是折服于《论语》蕴含的深刻思想。通过《致中国读者》一文,井上靖自述"我晚至七十岁才读《论语》,为之倾倒,到八十岁又将《论语》编成小说,就是《孔子》"。他还说:"我深感《论语》中孔子对人生的见解里以具有神奇魅力的韵律的现代式语言中蕴藏着全部理想和感受。它深深地打动我们这些即将对人生进行总清算的老人的心。"

日本近现代文学创作中以中国历史人物孔子作为描写对象的作品并不鲜见,谷崎润一郎的《麒麟》、太宰治的《竹青》及中岛敦的《弟子》等均是此类作品。然而,前述作品要么截取某一片段叙写孔子的经历,要么从他者视角表现孔子的人际联系,只有井上靖的《孔子》从解读和申说《论语》思想作为创作的出发点塑造了丰满、立体的孔子形象。

井上靖认为"孔子是乱世造就的古代学者、思想家、教育家","孔子的思想至今没有过时"。鉴于学者专家的著述受众偏少,为让更多的人了解、接受孔子及《论语》的思想,小说这种形式才是达到目的的最佳途径。这种认识是井上靖构思和创作小说《孔子》的思想初衷。

《孔子》全书共 20 万言,分为 5 章,以第一人称对话体式结构布局。小说的叙事主人公为虚构的孔门弟子蔫姜,小说以蔫姜追忆先师孔子晚年经历的形式展开情节,再现了孔子生前游历讲学、授业传道、推布政治主张的过程。通过虚构的人物，井上靖描写和勾勒了孔子与门下弟子的情感关联，探示和昭显了《论语》的编撰及孔子思想的形成过程。小说"把舞台置于春秋乱世这个大时代背景，再让孔子一行登台表演，那么孔子、子路、子贡、颜回及其他弟子都会栩栩如生、活灵活现地以各自符合历史时代的样貌出现在观众面前，而在这历史中产生的孔子言论及孔子与弟子的问答就必然具有鲜活的生命力"。这般叙述，使孔子及其与各具个性的弟子之间的相互关系，在小说空间中以一种鲜明的整体形式浮现出来。

《论语》是孔子去世后，经几代孔门弟子努力编撰出来的，思想学说也主要是靠后人口耳相传继承的。在小说《孔子》中，井上靖以孔子的门人弟子讲述和议论的形式，探讨《论语》思想的各个方面。这样既可以再现当年的历史风貌，又比孔子本人出场自述显得自然客观，对于充分展现后人对孔子学说的不同见解尤为恰当贴切。叙事主人公蔫姜以蔡国遗民的身份出场。第一章，以回忆的方式追忆自己的一生，以及 14 年间所见所闻的孔子与其众弟子，表达了他对老师孔子的敬仰之情；第二章，蔫姜根据史实，与众多学者反复探讨"天"与"天命"的内涵；第三章，通过蔫姜的叙述证实孔子与弟子子路、颜回和子贡的情感；第四章，通过孔子自身的言行，探讨孔子哲学思想根源的"仁"，以及"知"与"仁"的关系；第五章，蔫姜在孔子故去 33 载后再去负函，通过所见所思，终于领悟到了孔子思想的真谛。

司马迁的《史记》中"孔子世家"和"仲尼弟子列传"收录了孔子的生平及其弟子们的相关情况。作为研究孔子的指导性论著，《史记》的记述为井上靖创作《孔子》提供了可以凭依的基本史料。另外，小说《孔子》还从《汉书》《春秋左氏传》《春秋穀梁传》《吕氏春秋》等史籍，以及顾颉刚、郭沫若等当代学者的著述中吸纳了可用的素材以供参考和借鉴。

为再现和体悟孔子当年周游列国的历史情境，从 1981 年到 1988年，井上靖在其创作《孔子》期间"共 6 次访问中国山东省和当时河

南省的尚未对外国人完全开放的地区"。以河南为中心的黄河中下游地区是华夏文明的发祥地，也是孔子祖居、成长、从事学术和政治活动的主要区域。为在小说中再现孔子的生活环境，从1981年到1988年，井上靖曾前后4次造访河南的一些地区（据井上靖讲他曾五去河南，但其在《"负函"的落日》一文中列出的行程明细仅有4次记录）。孔子被逐出鲁国后率子路、子贡、颜回等众弟子在河南各地流浪达14年之久，其间遭遇过"累累乎如丧家之犬"的不愉快经历。

据井上靖自己所说，河南之行解决了创作《孔子》过程中最棘手的两个问题。第一个解决的是"负函问题"。孔子一行在陈国国都居住3年后，远赴楚国负函，而负函究竟在楚国的什么地方，始终是一个谜。孔子到过楚国的依据是《论语》中"近者悦，远者来"这句话，从侧面证实了《春秋左氏传》中"致蔡于负函"一节所记载的历史事实，成为孔子曾逗留楚国的重要证据。"叶公诸梁致蔡于负函"一节，发生在鲁哀公四年（公元前491年）夏。蔡国迫于楚国的压力，决定于哀公二年迁都于州来。然而，迁都时，约有一半的国民仍然留在旧地，生活方式如旧，故被称作"蔡国遗民"。在这种情况下，楚国一位出色的政治家叶公在楚国的地界上新建了一个叫作"负函"的城邑收容故国已经灭亡的蔡国遗民。除此之外，"负函"一地在其他古籍中均不见记载。

入楚之后，孔子曾经拜访叶公，而叶公的居住地大概也在负函。然而，楚国的管辖范围甚大，负函究竟具体位于何处？井上靖第4次访问河南，正是其创作进退维谷之时，如果这一次仍然确定不了负函的位置，他的小说便无法续写、情节难以展开。有说法认为负函其地位于淮河上游，于是井上靖决定到河南信阳实地探访，了解情况。当时，信阳郊外的淮河边发掘出一座被考古界称作"大楚王城"的战国遗址。该处遗址地处于信阳市长大乡苏楼村，面积有68万平方米。信阳市的地方史志专家告诉井上靖这里大概就是他所寻找的负函。根据考古研究，此处原先是安置蔡国遗民的小镇，后来逐渐扩大，成为城墙高筑的楚国王城。后来，有越来越多的史料证明这座王城遗迹极有可能就是负函城址。井上靖的《孔子》出版后，信阳当地还发掘出楚国叶公时期负函高官的坟墓。

河南之行意欲解决的另一个问题是确定蔡国新旧国都的问题。《汉书·地理志》与《史记》中关于蔡国国都的记载大相径庭，这使井上靖的创作左右为难。据《汉书》记载，蔡国定都上蔡，历经500年后迁都新蔡又延续40年，而《史记》的记载则截然相反。为弄清楚上蔡和新蔡两地作为蔡国都城的先后顺序，井上靖连续两年到上蔡、新蔡访问，参观了新蔡、上蔡两座古城的残垣断壁，察看了城墙的大小和城内街道的分布结构后，在实地考察的基础上做出了上蔡是500年国都，新蔡是40年国都的实证性判断。

综览井上靖的一生，曾经创作过大量中国题材的历史小说，其早期作品大都没有经过实地考察，是在史料记载的基础上，通过文学想象进行创作的。

《孔子》是井上靖唯一一部实地考察事件发生和人物活动的历史文化背景，经过反复印证题材和素材来源之后创作的中国题材作品。

井上靖决定以"孔子"为题材进行小说创作后，广泛搜集国内外相关史料，全身心地投入到有关孔子和《论语》的文献里。然而，就在将第一部分书稿交付出版社的当天（1986年9月29日），井上靖被检查出患有食管癌，并做了食管切除手术。也就是从那时起，井上靖真正领悟到孔子的"天命"思想。"最后，我已无能为力，只有听任'天命'的安排，横躺在手术台上，任由麻药夺走意识。""死生有命，富贵在天"——癌症手术之后的井上靖对"天命"的理解，决定了他其后《孔子》创作的重心。实际上，"仁"是《论语》中最重要的话题。《论语》里，除《为政》《八佾》《乡党》《先进》《季氏》等篇章中完全没有出现"仁"之外，全书共出现了110次有关"仁"的话题。但是在井上靖创作的《孔子》中，"仁"却退居次要位置，对"天命"的探讨则最多。实地考察后，井上靖立即重新投入到《孔子》的创作中。他立志"在有限的生命"里写出自己所理解的孔子。也就是说，在小说的创作过程中，井上靖和天命的抗争与笔下孔子的命运

同时展开。是"天命"中无法逃避的"死"先吞噬掉井上靖，还是小说家井上靖抢先完成自己的绝笔之作《孔子》，这是当时井上靖必须面对的问题。在《孔子》创作的过程中，井上靖一直在与"天命"中注定的死亡竞争。"孔子毕生最伟大的业绩，产生于孔子生平最悲伤、最孤寂的时期，而正是这些悲伤、孤寂支撑着他。"[①]孔子周游列国回到久别的鲁国国都后，将自己整个生涯的积累集中于讲学授业。然而，就在一切开始走向正轨的时候，集孔子所有期待于一身的爱子鲤（伯鱼）却撒手人寰，两年后孔子认为最好学的爱徒颜回因贫穷而逝，另一爱徒子路也离世了。正是在这最悲伤、最孤寂的时期，孔子完成了他的讲学大业。对井上靖而言，《孔子》是其作家生涯的顶峰之作，也是他在意识到自己生命尽头即将到来之际，将自己的身、心，乃至生命融入笔端，抒写出的超越生死的无悔之作。从这个意义上说，绝笔之作《孔子》可以看作是作家井上靖小说形式的遗书。

小说以淡然的笔触勾勒出孔子的品格与学说、泰然的心境与凝重的感叹、明慧的达观与温和的嘲讽，还有对弟子深切的情感。孔子认为自己生活的春秋时代是天下无道的时代，礼崩乐坏，陷入了"臣弑其君者有之，子杀其父者有之"的历史深渊。孔子向往的是尧、舜时理想化的、有道的黄金时代，他的理想是使现实政治回到"礼乐征伐自天子出"的轨道上去。《论语》有云："周监于二代，郁郁乎文哉，吾从周。"梦不到自己敬仰追慕的圣人周公，便为之感伤不已。"甚矣吾衰也，久矣，吾不复梦周公。"为此，孔子不得不以一种"知其不可而为之"的行动"放逐"自我，14年周游列国的漂泊中，即便是彷徨于卫、绝粮陈蔡，依然坚定执着，不改其道。"知其不可"是孔子对现实的明察、对人生的彻悟；"为之"则是孔子对现实的负责、对人生的热诚。孔子相信治理乱世是上天赋予他的使命，因此虽然总有艰难险阻，但是也不能因之而懈怠退缩。虽然一切努力都没有效果，但是他从不气馁，明知不可能成功，却仍然坚持不懈。

---

① 井上靖.孔子[M]// 井上靖全集：第22卷.东京：新潮社，1999：299.

在小说中，井上靖以孔子对自身的评价探讨其为人。"其为人也，发愤忘食，乐以忘忧，不知老之将至，云尔。""朝闻道，夕死可矣。"这句话，杨伯峻在《论语译注》中将其解释为"早晨得知真理，要我当晚死去，都可以"。这是学界公认的解释。但井上靖在作品中超越以往，做出新的诠释："要是早晨听说已经出现一个以道德治理国家的理想社会，让我当晚死去也心甘情愿。"[①]在这里，井上靖将"道"从"真理"上升为"以道德治理国家的理想社会"，这也是晚年身为日中友好协会会长、国际笔会会长的井上靖在现实世界中所思考的问题。

井上靖在探讨《论语》中的"天命"观的同时，对蔫姜的"天命"进行了描写，蔫姜对"天命"的反思，实际上正是一直抗争"天命"的井上靖真实的内心写照。在小说中，蔫姜两次因"天命"改变了自己对人生的思考。当时还是仆役身份的蔫姜在村落破屋中看到了孔子一行面对狂风暴雨时的情景，孔子既不思躲避，又不图保身，正身端坐，泰然处之，蔫姜生平第一次知道世上竟有这样高尚的人，一种想法油然而生：即便生逢乱世，人也应该去思考一些事情。如果没有这一夜，蔫姜将和其他仆役一起，在宋都或陈都离开孔子，前往蔡国的新都或旧都回到普通的生活中。孔子坦然面对狂风暴雨的情景正是80岁高龄的井上靖接受食管癌手术时的内心写照。"第一次冷静地正视自己的命运就是在决定接受食管癌手术的时刻。"或接受手术，以80岁的高龄与"天命"抗争；或放弃手术，听任死亡随时到来。面对"天命"中的死亡，井上靖"正身端坐、坦然迎接"，绝笔力作《孔子》正是其抗争"天命"的写照，字里行间饱含"看透之后仍旧战斗"的顽强精神。

在封笔之作《孔子》中，井上靖舍弃了以往作品中所表达的虚无感慨，明确地表达出一种对未来寄予希望的积极态度。晚年的井上靖为了创作《孔子》，投入大量时间与精力钻研《论语》及相关著作，力图接近孔子思想的内核，对人生的思考也转向了积极的一面。对

---

① 　井上靖.孔子 [M]// 井上靖全集：第 22 卷.东京：新潮社，1999：381.

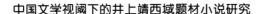

"子在川上曰：逝者如斯夫，不舍昼夜"的理解不再只是传统的日本式理解，对人生的思考也由此转向了以孔子为代表的儒家思想中积极入世的一面。

"逝者如斯夫"这句话第一次出现在《孔子》中，是在蔫姜追溯孔子葬礼结束的当天。蔫姜虽不清楚这句话是孔子流浪于陈蔡抑或滞留于卫国之时的兴叹，但却认定是伫立于水流丰沛的河岸时发出的感慨。单是流浪于陈蔡期间，孔子就曾伫立颍水、汝水、淮水等世人熟知的几条大河的岸边。"逝者如斯夫，不舍昼夜"的感叹应是源自这几条大河水的某一河岸。蔫姜自幼父母见背，又因迁都州来，复与众多亲属分离。虽说自幼习惯于别离，但此番于短短的时间内，相继与可视之为父亲的师尊孔子，以及视之为兄长的颜回、子路永别，茫然站在河岸的蔫姜，回忆接二连三发生的生死诀别，从中领悟到了全然不同的东西——"生存的力量"。于是，他决心重新打起精神，坚强地、安稳地、一步一步地往前走下去。河水时时刻刻在流动，不停地流动，漫长的流程中或许有许许多多的徘徊，最终还是激流而下，流注大海。人生之流亦复如此。父、子、孙，代代更替犹若河流，其间有纷争战乱之世，亦有天灾人祸之时，然而人生之流如同河流，汇集各种各样的支流，逐渐壮大，最终朝着大海奔流而去。

过去的一切如同这大河的流水，昼夜不息，人的一生、一个时代、人类所创造的历史也都奔流而去，永不停止。这样每时每刻变化流逝的现象弥漫着难以言状的寂寞的氛围。

基于这种心理，孔子才发出了"逝者如斯夫，不舍昼夜"的感慨。这种积极的解释在小说《孔子》中得到反复论证。井上靖对孔子的作为充满了敬仰之情，认为"孔子的魅力在于对正确事物倾注的热情，在于对拯救不幸的人们所具有的执着"[①]，认为孔子所追求的那个美好的世界必将到来。

在小说《孔子》正式发表十数年前，井上靖曾就"逝者如斯夫"这句话写过一篇随笔："每一次想起这句话，都会多少有些不同的体

---

① 郑民钦.井上靖文集：第 1 卷[M].合肥：安徽文艺出版社，1998：244.

会。失意的时候，感到人生无常地流转；得意的时候，感到人生无限的动力。之所以常常想起这句话，就是因为它的内涵随着人生境遇的不同而不同。"《孔子》正式发表的三年前，井上靖再次写了一篇随笔："孔子的'逝者如斯夫'，每一个时代，都有些许不同的诠释，这正是孔子最伟大的地方。我是在核时代接受孔子思想的，但我认为孔子的'逝者如斯夫'的底蕴是无论在什么时代，都要相信人类，相信人类创造出的历史。如果没有这样的信任，我们就不能坦然迈进21世纪，2500年前的孔子的思想也不会延续至今。"相信人类历史的"人生肯定论"和蔫姜的孔子观是一致的。

公元前651年，黄河流域的几个国家的当权者召开了葵丘会盟，盟约内容为不以黄河水为武器，不为本国利益任意将水祸引向别国。春秋战国时期群雄四起，天下大乱，孔子希望混乱的社会能安定，并创建一个能使庶民百姓感到幸福的社会，基于这种思想，他提出了"仁道"。"仁"阐明的是人的本质，人与人之间的关系，以及人生的价值与意义，是孔子思想的核心，也是孔子哲学思想的精髓。"仁"的主旨在"爱人"，"己欲立而立人，己欲达而达人"，主张恢复人与人之间的秩序，从生活、家庭方面确定人的道德观念。政治家必须把"仁"融进政治，从政者抱仁爱之心，施行仁政，扩大到整个社会，"博施于民而能济众"。在那样的时代，孔子就认为只要相信人类，总有一天会建立和平的理想社会。"建立和平的理想社会"正是渐入人生佳境的井上靖一直思考的问题。

《孔子》获得成功之后，井上靖在一次回答中国记者提问时这样说："在《孔子》的最后一章中，有关故乡灯火和葵丘会盟的议论，能唤起读者对现代社会的感慨和对未来的憧憬，书中确实融进了我对当今世界的建言和期待。虽然时隔2500多年，但是孔子的许多话就像是对当代人说的。以儒家学说为核心的中国传统文化是宝贵的文化遗产，也是全世界宝贵的精神财富。吸收继承传统文化中的精神营养，并且身体力行，有利于尽早实现《孔子》书中所希望的'融洽的人类社会、和平的国家关系、一个光明的世界'的愿望。"

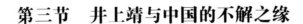

第三节　井上靖与中国的不解之缘

一、井上靖的中国之旅

井上靖不仅是一位著作等身、笔耕不辍的天才作家，还是一位热心参与国际文化交流、致力于推动日中民间友好事业的社会活动家。在近半个世纪的时间里，他在日本文坛勤奋耕耘，其文学创作历时久、成就高，作品内容广、开掘深。与其文学活动相伴的是日中两国文化交流活动。井上靖长期担任日中文化交流协会常任理事和日本笔会会长，出任第 47 届国际笔会东京大会运营委员长职务，致力于日中两国间的文化交流，到中国进行友好访问并通过参观采风为其中国题材的小说创作取材，成为井上靖文学的重要特色和基本元素。井上靖登上文坛的年代（20 世纪五六十年代），正是日本社会的动荡时期，当时的日本作家较为关注的是日本社会的现实问题，作品的题材也多以日本社会现实问题为主。井上靖是日本"战后"第一个写中国历史题材的小说家，也可以说是战后日本文坛中国题材历史小说的主要开拓者。到中国访问，为其中国题材历史小说取材等更是井上靖一生中非常重要的文学和社会活动，也是在日中两国民间搭建友好桥梁的文化、文学交流活动。了解井上靖对促进日中两国文化交流的贡献，对于解读井上靖的文学创作，尤其是他笔下大量中国题材的历史小说是个无法绕开的项目。

1956 年 3 月 23 日，井上靖与中岛健藏、千田是也等文化名人发起成立了以促进日中两国人民的友谊和文化交流为宗旨的日中友好交流协会。协会创立之初，井上靖作为协会的会员参与各项交流活动的策划。在中日两国实现邦交正常化之前，日中文化交流协会曾为促进两国人民友好交往起到穿针引线的作用，广泛团结要求日中友好的日本文化界人士和团体，积极开展活动，为 1972 年的日中邦交正常化做出了重要贡献。日中邦交正常化之后，日中文化交流协会与中国文化界加快了交流的步伐，各界文化代表团互访频繁。井上靖从 1974 年 6 月起担任日中文化交流协会常任理事；1979 年 7 月任常任顾问；1980 年，继中岛健藏之后，担任该协会的会长，代表协会活跃在中日两国民间交流的最前沿。井上靖担任会长的十年正是中日两国关系的"蜜月"阶段。井上靖对中国人民的热爱，以及他为中日友好关系和文化交流做出的杰出贡献，使他得到了中国人民的尊敬与赞誉。

1957 年 10 月 26 日至 11 月 22 日，井上靖与山本健吉、中野重治、本多秋五、十返肇、堀田善卫、多田裕计共七人作为第二次世界大战结束后第二次访问中国的日本民间友好团体——日本作家访华团的成员，飞抵北京对中国进行访问，行程从北京经上海到广州。这次访华对井上靖来说，实际上是第一次真正意义上来到其历史小说舞台的现实世界。他曾多次向中国文化界人士讲述自己初次访问中国时的激动心情，当时入住在北京饭店，因为感到自己确实是身在渴望已久的北京，他兴奋得夜不能眠。战后第一次来到中国，最让井上靖吃惊不已的是中国国土之辽阔，这也许是所有第一次来到中国的日本人最深的感触。井上靖深深感受到日本文化的特性是植根于日本的岛国文化，中国文化则是植根于这辽阔的国土、悠久的历史。日本文化特性和中国文化特性虽不能进行优劣比较，但其不同之处已清楚地反应在文化方面。这一次的访问活动历时约一个月，日本文学界与中国文学界的代表们进行了接触和友好交流。

根据日本著名作家水上勉发表在《日中文化交流》杂志 1991 年 5 月刊上的题名为《井上靖的中国》的回忆文章记载，他们曾共同组团赴中国陕西省的延安市进行参观访问，有一天结束活动回到下榻的饭店，井上靖在和同行者聊天时曾问大家最喜欢中国的哪座城市，当其被人反问时，他回答的地方是北京。水上勉认为井上靖喜欢中国的每一个地方，无论走到中国的随便哪个地方，水上勉总能看到井上靖的脸上挂着发自内心的笑容。

阅读丁义元的《怀念井上靖先生》（1991 年 10 月 10 日）一文，可以了解到该文作者、画家丁义元于 1984 年以中国美术家代表团成

员的身份访日时，曾到井上靖家中拜访。井上靖先生在交谈中告诉丁义元说："世界上我最喜欢北京这座城市。这不是逢迎的话，我是从心里这么认为的。北京的长安街，是在东京等其他城市看不到的。天安门广场也是其他地方所没有的。我经常对别人说起，并且也经常在文章中提到。"

从 1957 年第一次随团访问北京至 1988 年，井上靖曾先后 27 次访问中国，以下是其在中国访问和进行文化考察的行程记录。

1957 年 10 月 26 日至 11 月 22 日，以日本作家代表团成员的身份飞抵中国进行访问，行程从北京经上海至广州。同行者有山本健吉、中野重治、本多秋五、十返肇等人。

1961 年 6 月 28 日至 7 月 15 日，应中国人民对外文化协会的邀请，以日本作家代表团成员的身份访华。同行者有龟井胜一郎、平野谦、有吉佐和子等人。

1963 年 9 月 27 日至 10 月 25 日，以纪念鉴真和尚圆寂 1200 周年日本文化界代表团成员身份访华，出席在北京召开的纪念大会，并到扬州等地参加相关活动。同行者有安藤更生等人。

1974 年 9 月 29 日至 10 月 11 日，作为日中文化交流协会代表团成员访问中国，在北京期间，应邀出席中华人民共和国成立 25 周年招待会和日中邦交正常化两周年的庆祝会。

1975 年 5 月 8 日至 27 日，以日本作家代表团团长身份访华，前往洛阳、西安、延安、无锡等地参观考察。同行者有其夫人井上芙美，以及水上勉、司马辽太郎等人。

1976 年 11 月 29 日至 12 月 5 日，以日本作家代表团团长身份携妻子井上芙美率团访华，先后到北京、上海、大同、杭州等地参观访问，同行者有伊藤桂一、大冈信、清冈卓行、辻邦生等人。

1977 年 8 月 12 日至 9 月 2 日，以日中文化交流协会代表团成员的身份，前往北京、上海、新疆维吾尔自治区等地参观考察。同行者有中岛健藏、司马辽太郎等人。

1978 年 5 月 2 日至 19 日，在家族成员的陪同下一起赴敦煌旅行。

1978 年 5 月 19 日至 6 月 7 日，率领日本作家代表团与中国文学界名人赵朴初、刘白羽、张光年、冰心、巴金、李季、黄世明等人交流座谈，并率团到南京、扬州、上海、苏州一带参观考察。同行者有水上勉、城山三郎等人。

1979 年 7 月 24 日至 29 日，来到《天平之甍》的拍摄现场，访问苏州、扬州。

1979 年 8 月 6 日至 27 日，与宫川寅雄等人一起访问中国的陕西省和新疆维吾尔自治区。

1979 年 10 月 4 日至 20 日，与日本 NHK《丝绸之路》摄制组共同前往酒泉、武威、敦煌、河西走廊一带进行专题片拍摄和文化考察。

1979 年 11 月 24 日至 30 日，再次来到电影《天平之甍》拍摄现场。访问苏州、扬州、大同等地。

1980 年 4 月 30 日至 6 月 1 日，与日本 NHK《丝绸之路》摄制组共同前往新疆维吾尔自治区沿丝绸之路南段路线进行专题片拍摄和文化考察。

1980 年 8 月 4 至 16 日，偕同家人来中国旅行，行程从北京、上海至呼和浩特、包头等城市。

1981 年 9 月 23 日至 29 日，以日中文化交流协会代表团团长身份访华，出席在北京举办的鲁迅诞辰一百周年纪念活动，到北京、上海、曲阜一带游览。同行者有白土吾夫等人。

1982 年 9 月 27 日至 29 日，以日本代表团团长的身份访华，出席庆祝中日邦交正常化十周年中日民间友好联欢会。

1982 年 11 月 22 日至 12 月 3 日，以日中文化交流协会代表团团长的身份，前往中国的济南、淄博、郑州、淮阳、商丘等地参观考察，兼为《孔子》取材。同行者有夫人井上芙美和清冈卓行等人。

1982 年 12 月 29 日至 1983 年 1 月 6 日，与家人一同来华，在北京度过新年。

1983 年 6 月 3 日至 7 日，参加《人民中国》杂志创刊 30 周年纪念会。

1983 年 6 月 24 日至 26 日，以日中文化交流协会代表团团长的身份访华。同行者有宫川寅雄、千田是也等人。

1983 年 12 月 10 日至 23 日，以日中文化交流协会代表团团长的身份访华，前往郑州、开封、兰考、成都等地参观考察，为《孔子》取材。同行者有夫人井上芙美、东山魁夷夫妇等人。

1984 年 11 月 8 日至 22 日，以日中文化交流协会代表团团长的身份访华，前往乌鲁木齐、哈密、西安等地参观考察。同行者有夫人井上芙美、大江健三郎、竹西宽子等人。

1985 年 10 月 14 日至 19 日，出席第二届中日友好 21 世纪委员会会议，前往北京、大连等地参观考察。同行者有向坊隆、石川忠雄等人。

1986 年 4 月 20 日至 5 月 1 日，应中华人民共和国文化部邀请访华。22 日，接受北京大学授予的名誉博士称号。离京前往郑州、上蔡、驻马店等地参观考察，并为小说取材。

1987 年 10 月 29 日至 11 月 8 日，应中华人民共和国文化部邀请访华，前往郑州、信阳等地参观考察，兼为小说《孔子》进行取材调研。

1988 年 5 月 3 日至 12 日，应中国人民对外友好协会邀请访华，出席北京大学建校 90 周年纪念会。会后前往济南、曲阜等地参观考察，兼为小说取材。

二、中国文化界人士的友好交往

井上靖写作数十年，先后访问中国达 27 次之多，与中国众多文学界及文化界人士结下了深厚的友谊。这种友谊的基础是出于对文学的共同理解、热爱和追求。其中，与巴金、老舍、冰心等中国当代最重要的作家和文化活动家在共同推进中日友好事业上结为挚友。

（一）巴金

1977 年 9 月，巴金在上海接待了来访的井上靖。有关这次见面的情况，巴金先生留有这样的记忆。1977 年 9 月 2 日，井上靖在上海虹桥机场和巴金谈起老舍曾讲过的"壶"的故事时，井上先生激动的表情给他留下了深刻的印象。当时，巴金并不理解为什么井上先生如此重视自己读过他的这篇文章，在阅读过其他日本作家怀念老舍的文章后，巴金意识到"日本朋友和日本作家似乎比我们更重视老舍同志悲剧的死亡，他们似乎比我们更痛惜这个巨大的损失"。巴金曾在一次招待会上说："当中国作家由于种种原因保持沉默的时候，日本作家井上靖先生、水上勉先生和开高健先生却先后站出来为他们的中国朋友鸣怨叫屈，用淡淡的几笔勾画出一个正直善良的作家的形象，替老舍先生恢复了名誉。我从日本朋友那里学到了交朋友、爱护朋友的道理。"

1978年5月，井上靖以团长身份率日本作家代表团与中国文学界的老朋友举行座谈，中方参加会见和座谈的有巴金、冰心、赵朴初、刘白羽、张光年、李季、黄世明等人。

1980年4月1日，巴金率领中国作家代表团到日本东京访问，受到井上靖的接待。4日，在东京朝日讲堂讲演会上做《文学生活五十年》的讲话。11日在京都文化讲演会上做《我和文学》的讲话。上述活动，均有井上靖的陪同。

据《中国戏剧年鉴》的"1980年大事记"所载："8月6日，中国戏剧家协会在北京举行宴会，欢迎日中文化交流协会新任会长井上靖和前任会长中岛健藏的夫人中岛京子一行。夏衍、张庚、金山、阿甲、吴雪、赵寻、刘厚生等出席，夏衍代表中国戏剧家协会表示欢迎。井上靖表示，作为中岛先生的后任，愿把日中文化交流工作做好，希望得到中国戏剧界人士的支持。"井上靖一行，于8月4日抵京，6日的欢迎宴会之后，中国戏剧家协会于8日召开了欢迎井上靖等人的座谈会。离京之后，日本客人还参观访问了呼和浩特、包头、上海等地，当月16日回国。

无论是在动荡岁月里还是之后，正视历史的责任感和正义感让井上靖和巴金的友谊更加牢固。1982年8月25日，巴金致信时任日中文化交流协会会长和日本笔会会长的井上靖，9月2日得到对方复信，双方共祝中日邦交正常化 10 周年。两人的公开信分别在《人民日报》和日本主流媒体《读卖新闻》上发表，共同批判日本右翼势力篡改历史教科书、破坏中日两国友好关系的行为，在中日两国都引起了很大反响。

当年 11 月初，巴金在家中整理藏书时跌倒摔伤，造成左腿骨折，住进上海市华东医院治疗。23 日，井上靖专程赶到上海，到医院探视巴金的伤情。

1984 年 5 月，国际笔会第 47 届大会在东京召开，身为日本笔会会长的井上靖是该次大会的筹备委员会主任。大会将巴金作为世界七大文化名人之一特别邀请其参加盛会。井上靖率领日本作家代表团来访时盛情邀请巴老访日，但彼时巴金患帕金森病，同时腿骨骨折，已经在医院里卧床治疗了一年多的时间，接到会议邀请时仍然不便行动。巴金的多数亲友均不赞成其出国开会，恐其身体不支病在国外。然而井上靖在会议筹备的半年里三次来到上海，去医院看望病况，并恳请巴金务必前去东京参加大会。面对老朋友的盛情相邀，巴金陷入了犹豫，他不愿让井上靖失望，又怕给朋友添麻烦。最后征得医生的同意，在病床上亲笔准备了在大会上的讲稿，做好了出访准备。临行前，身边工作人员仍在劝他考虑身体情况，不要勉强。他笑着说："交朋友就要交到底，去！"就这样，巴金作为大会特邀的荣誉嘉宾率中国作家代表团出席了在东京举行的第 47 届国际笔会大会，在会上做题为《核时代的文学——我们为什么写作》的讲演，会上会下多次与井上靖促膝长谈。此次国际笔会是巴金第 6 次赴日本访问。

井上靖很敬重巴金的人品和文品，认为巴金先生的《随想录》充满对人类深厚的爱。他说对巴金先生的尊敬，也是世界各国读者共同的感情。有一次，严文井对井上靖说："印度的泰戈尔、日本的川端康成获得了诺贝尔文学奖，希望先生也早日获此殊荣。"井上靖马上表示："在亚洲作家中，我应该排在巴金先生之后。"足见得，无论是在文学业绩，还是人格品质方面，井上靖对巴金都是由衷佩服的。

1990 年，人民日报出版社出版了井上靖的小说《孔子》的中译本。巴金得到井上靖将率团访华的消息，并得知井上靖还要在 10 月下旬来上海看望自己。巴金决定要抓紧时间阅读《孔子》，但书却不知放在何处找不到了。于是，赶快托出版社的编辑姜德明重又补寄了一本。对于此事巴金在写给姜德明的答谢信中这样说："当初托褚钰泉代购《孔子》，是因为听说作者 10 月下旬要来看我。几年前我在东京同井上对谈，曾说他的小说出版，我要认真地拜读。我不愿失信，所以着急起来，收到您寄的书，我带到杭州读了一遍，回到上海就听说井上取消了这次旅行，接着又意外地发现了另一本《孔子》，连忙写信向您表示谢意。"遗憾的是，当时因为井上靖患病取消了访问，一年之后井上靖先生逝世，两位老友没能实现最后一次聚会和面谈。

（二）老舍

井上靖与老舍两人间的交往很密切，感情甚是深厚，其间亦夹杂着浓重的悲凉。

1965 年春天，老舍第一次率领中国作家代表团访问日本，在日本逗留了一个多月的时间，当时井上靖出面接待，陪同老舍参观、游览，在一起探讨文学艺术的种种问题，结下了深厚的友谊。

老舍访问时拜访过多位日本作家，也到井上靖的家里去过。井上靖回忆说："那是一个春雨绵绵的下午，老舍一进门，就寒暄着对我说：'迄今为止，我们只是在北京见面，今天我们能在东京相会，真令人高兴。'"井上靖自觉着对老舍的身姿形象、说话的声音，以及投足举步间的动作都记得很清楚，感到能在自己家里欢迎老朋友是件非常值得高兴、值得永久记忆的事情。至于别的人是不是也会产生类似的亲近感觉，井上靖认为仁者见仁、智者见智，大可不必同样要求。两人见面时，老舍问井上靖："你在中国旅行，最喜欢什么地方？"井上靖回答说："扬州。"老舍听后就说："扬州的吃食，扬州的美女，自古以来就很有名。"他举出一些赞美扬州的诗句，并告诉井上靖他下一站就要去游览日本的扬州——京都，为此心中感到很是高兴。井上靖回忆说："那次交谈的时间并不是很长。但老舍总归是客人，我

总归是主人。这时候，我感到现在才真正算得上是和老舍交谈。我觉得，老舍似乎成了另外一个人。老舍既然是访日作家代表团的团长，那么有些事也可以说是必然。我感到，老舍应对有方，机敏周到。看来他始终在努力不要让对方感到不愉快。"

过了三四天，井上靖在筑地的饭店邀请了一些与老舍有过交往的人来作陪招待老舍一行。宴席间，老舍在饭店女主人拿来的白纸上为井上靖挥笔题词。他题了一首即兴诗，首句是"行云骑鹤访蓬莱"。他的书法，看上去异于寻常，但很见功力。从一旁看着老舍执管走笔，心里就会感到他是一位中国的老文化人，看起来，老舍对异国的樱花细雪之夜似乎相当欣赏。

老舍回国时，井上靖到羽田机场送行，井上靖回忆说："这一天，老舍显得精神一些。老舍向成群的欢送者告别，在去候机室的途中，他又两度回过头来向欢送的人群挥手致意。看着老舍离去时的身影，我想，他现在终于快要从这次重任中解放出来了。我想起老舍送给我的亲笔题诗中有'行云骑鹤'一词，不由想到老舍那清瘦矮小的身体。"

在老舍访问日本的第二年，西方报纸上登载了有关老舍死亡的消息，有的日本报纸也转载了这未经证实的消息。井上靖对此不能相信，表示"我总觉得老舍是不可能死的，他总盘踞在我的心中"。当老舍的死讯得到证实之后，井上靖于1970年写了文章《壶》，文中忆及老舍访日时同日本作家广津和郎讨论古壶的往事，寄托了对老舍深沉的悼念之情。文章写道："老舍，这一位中国的文学家，他隐藏在我看不真切的不寻常的迷雾之中，当我讲到广津时，老舍的脸就一定随着进入我的眼帘。广津退出人生这个舞台之后，只有老舍还占据着舞台的一角，这种想法，不禁要使我向周围环视一圈了。战后，我曾三次被邀请去过中国。其中，有两次是作为日本作家代表团的一员去中国访问的。另一次是北京和扬州举办纪念唐招提寺的开山鼻祖鉴真和尚去世1200周年时，我被邀请前往参加。三次去中国旅行，都和老舍见过面。"

在访问中国之前，井上靖知道并能记得住的中国文学家的名字很少，但在很少的文学家中，就有一位是老舍。也不知为什么，老舍这个名字给井上靖的感觉就是一个老文化人。

在《壶》这篇文章中，记录了老舍先生在日本文学界欢迎中国作家团访问日本的招待会上讲过的一个关于"壶"的故事。故事讲的是中国古代有个收藏古董珍品的富翁，家道败落后靠出卖收藏品维持生计，最终沦落为沿街乞食的叫花子。虽然沦为乞丐，但是他始终保存着一只珍贵的古壶不肯典当出卖。他带着这只壶到处行乞，漂泊流浪，受尽了百般摧残，饱尝着世态炎凉。当时，有人出高价向他索买这只壶。多番交涉，乞丐却死也不肯脱手。几年过去了，衰老的乞丐连走路都十分困难了，买壶者收留乞丐供给他饭食，想着等他死去后能得到那只壶。不久，乞丐得病死去，哪知他在临死之前，拼着最后一口气把那只壶掷到院子里的石头上，摔得粉碎。文章中还提到，老舍讲述这个故事时，在场的广津和郎对中国人宁肯把价值连城的宝壶摔得粉碎也不肯给那富人去保存表示难以理解。若干年后，当老舍的死讯传到日本时，井上靖终于领悟了当年老舍所讲的这个故事中所蕴含的气节与精神。在悼念文章的结尾，井上靖写道："我想老舍一定是壶碎身亡的。"

1980 年 8 月，井上靖当选为日中文化交流友好协会的协会会长，其后他应中国人民对外友好协会的邀请，率团到中国进行上任后的第一次工作访问。在正式日程安排之外，接待方专门安排了一项应井上靖要求而增加的活动，去祭拜老舍先生。

（三）冰心

冰心与井上靖的初次相识是在 20 世纪 60 年代初期。当时，冰心随同中国作家代表团访问日本，曾到井上靖家做客，具体日期冰心已经记不清了，只记得看到了他满屋满架的书。那天，井上靖送给冰心好几本他的作品，还送了一本英文版的《猎枪》。

从此以后，冰心和井上靖两人或在北京相见，或在东京会晤。1973 年 4 月，冰心参加中日友好协会代表团访日；1980 年，她以中国作家代表团副团长的身份赴日本访问，均与井上靖实现了见面交谈。当时的日中文化交流协会会报上曾经刊载冰心在井上靖家做客的照片。

井上靖对中国古代文化和西域地区怀有极深的爱慕和向往之情，中日邦交正常化之后，在中国方面的热情关照下，他两次游历河西走廊，三次考察塔克拉玛干沙漠地区，圆了从青年时代就怀有的西域梦，写出了一系列的西域小说。他每次从西北回北京就激动地和冰心大谈特谈旅途见闻，冰心称他是"中国人民最好的朋友"。1981 年，中央民族学院的几位教师翻译了井上靖的《西域小说选》，请冰心作序，由于井上靖是她很好的朋友，便欣然作序。该书于 1984 年 6 月由新疆人民出版社出版。

根据《冰心传》的记载，1980 年 4 月中旬从日本访问归来后，冰心因患脑血栓偏瘫在床，井上靖和夫人井上芙美，以及中岛健藏的夫人曾到寓所慰问，促膝谈心。冰心在 1984 年 1 月 24 日写给臧克家的信中回忆："1980 年我生病以后，中岛夫人每次来华，必到医院或家中来看我。还有井上靖先生的夫人，也是多次在井上先生的书室里以最精美的茶点来招待我，也曾在我病中到医院或我的居所来探问我。她们两位的盛情厚意，都使我感激，也使我奋发，我愿自己早早康复起来，好和她们一起多做些有益于中日友好的工作。仅仅一个多月以前，陪着井上靖先生到我新居来看我的，就是她！"

在晚年，冰心时常怀念海外的老朋友，许多外国朋友来到北京，也登门看望冰心，其中就有井上靖。冰心曾经深情地回忆道："我同井上靖还经常通信，他写书，我为他作序。"

1991 年 3 月，得知井上靖去世的消息之后，冰心先生写了《愿他睡得香甜安稳——悼念井上靖先生》一文表示哀悼，该文章被收入《冰心文集》第 8 卷和《新编冰心文集》第 4 卷。

冰心去世后，井上靖夫人井上芙美和日中文化交流协会分别发来唁电，对冰心先生表示怀念。

（四）林林

林林先生长期从事中日文化交流事业，以其身兼诗人、作家、书法家、艺术鉴赏家及文化使者的数重身份，同日本当代文坛巨匠们结下了深厚情谊，对中日友好起了很大的促进作用。他与许多日本文化界的名人均非泛泛之交，其中能倾心恳谈且交往最为密切、情感最为笃定的友人当推井上靖。

在与井上靖数十年的交往之中，林林深切地感受到，自井上靖从20世纪50年代参加筹组日中文化交流协会，尤其是1957年第一次访华以后，亲眼看见、亲身经历了中国经历的曲折道路和巨大的变化。林林这样评价井上靖："古老的中国，喷发新鲜的气息，他对新时代的文化交流抱有很多理想。相互尊重彼此的古文化，也理解彼此的新文化，真诚友好。希望和中国朋友携手合作。"

1991年1月29日夜，林林接到东京朋友的电话，被告知井上靖先生于当晚逝世的噩耗。林林感到十分突然和异常悲痛。他说："先生就这样与我们永别了！"随后，林林深情地写下了《缅怀井上靖先生》，文中写道："今天，当我翻阅井上先生的许多赠书，回忆先生多方面的文学艺术才能和所取得的卓越成就时，深感要向先生学习。先生的音容如在眼前。井上先生永远与我们同在。"

1998年9月18日，林林又在《人民日报》第11版上发表了一篇题为《关注中国历史，解剖社会现实——井上靖和他的小说》的文章，系统地介绍了井上靖从写诗起步、继而从事小说创作的文学生涯，指出"我国读者比较熟悉的还是井上靖有关中国题材的历史小说，《异域之人》《天平之甍》《楼兰》《敦煌》《洪水》《苍狼》《杨贵妃传》《孔子》等，使我们看到一位对中国历史情有独钟的文学家是如何以高超的手法营造无人抵达的精神境界的。"概括性地说明"在创作这些历史小说时，他是学者型的小说家，以高度严谨的治学态度查阅资料、实地考察、请教行家。《异域之人》写的是东汉开拓西域的杰出人物班超的故事。《天平之甍》饱蘸感情的墨汁讴歌鉴真大师为实现弘扬佛法、传播华夏文化而百折不回、坚韧不拔的崇高精神。

《敦煌》的故事归结于作者解开封藏于千佛洞里的万卷经典之谜，这部叙事诗般的作品以众多虚构的情节揭开蒙罩敦煌千年的神秘面纱，给读者留下广阔的思考空间。"文章还指出："井上靖在创作《敦煌》的时候，由于当时我国的西部边境地区尚未对外国游人开放，因此没能去实地考察，到1978年5月，距发表《敦煌》20年之后，才第一次踏进敦煌，实现了多年的愿望。他创作《孔子》更是耗尽心血，先后六次来我国山东、河南考察有关古迹，该书尚未完成，他就住进了医院。"

井上靖辞世之后，林林同井上夫人及其家人继续保持着密切的联系。1992年4月，井上靖纪念文化财团把首届"井上靖文化交流奖"颁给了时任中日友好协会副会长、中国日本文学研究会名誉会长、诗人林林。

（五）赵朴初

赵朴初和井上靖有着长期友好交往的历史，和别人不同的是，他们二人之间存在着他人所没有的一条纽带——鉴真大师。1963年6月，赵朴初发表了题名为《中日人民友好的丰碑——日本各界纪念鉴真大师志盛》的署名文章纪念鉴真大师逝世1200周年，文章中多次强调井上靖在描写鉴真的形象、弘扬鉴真的精神方面做出的卓越贡献。现引述该篇文章中的几段文字：

关于鉴真的事迹，日本现代作家井上靖根据779年日本淡海三船所著《唐大和上东征传》写了一部小说，题名《天平之甍》。"甍"字的意思是屋脊，鉴真师徒们在作者心目中，是被当作日本天平时代文化的屋脊来看待的。

日本各界把1963年5月至1964年5月叫作"鉴真年间"，在这一年，日本各个地方举行了各种形式的纪念活动。其实，纪念活动从今年4月起便以"前进座"公演歌舞剧《天平之甍》作为前奏曲而开始。歌舞剧《天平之甍》是由剧作家依田义贤根据小说改编，由著名演员河原崎长十郎、中村玩右卫门等主演。演出获得很大成功，从 4 月 10 日到 29 日在东京读卖大厅连续演出了 40 场，场场满座。

应当感谢日本文学家和艺术家们，他们成功地把鉴真大师的伟大形象和天平时代中日两国文化交流的盛事，重现在今天人们的眼前，有力地唤起了两国人民兄弟般的感情。5 月 7 日，我们在京都，正在大阪演戏的"前进座"特地派出几位代表赶来相访，和我们亲切地交谈演出《天平之甍》的情况，并和我们一起参加了当晚举行的鉴真大师纪念讲演会。次日，河原崎长十郎先生又来京都，热情地向我们叙述自己在扮演鉴真大师时在思想感情上精心体会、刻意揣摩的经过。

在另外一篇刊登在《现代佛学》1963 年第 6 期上的名为《古代中日文化和友谊的伟大传播者鉴真大师》的文章里，赵朴初写道："1963 年，为纪念鉴真和尚圆寂 1200 周年，日本各界的一些名流倡导把 1963 年 5 月到 1964 年 5 月定为'鉴真年间'，展开了极为广泛的纪念活动。井上靖先生所写的描述鉴真事迹的长篇历史小说《天平之甍》，由剧作家依田义贤先生改编为歌舞剧，4 月间由河原崎长十郎、中村玩右卫门等著名戏剧家在东京连续演出了 40 场，场场满座。通过演出，他们把鉴真和尚与他的徒弟们的形象，以及中日两国文化交流的历史状况重现在今人面前。1963 年 9 月再度演出，获得了极大的成功。"

1974 年 9 月，井上靖作为日中文化交流协会代表团成员访华，应邀出席中华人民共和国成立 25 周年和日中邦交正常化两周年的庆祝会。在北京期间，赵朴初陪同井上靖等人拜访中国佛教协会并参观广济寺。

1975 年 5 月，赵朴初赋诗《赠井上靖先生》：

井上先生海东英，文章潇洒如有神。
千年人物笔端现，垂拱庙堂天平甍。

知君述古非多事，将心持向未来世。

两邦兄弟永相亲，二分明月招提寺。

赵朴初还作有《赠井上靖先生》汉徘一首，诗句如下：

夏木啭黄莺，飞甍今喜胜大平，海云来友声。

不同形式的诗歌言简意赅，非常传神。

1988 年 4 月 11 日，赵朴初专程赶赴日本奈良，出席法隆寺举行的中国敦煌研究院院长常书鸿及其夫人赠藏专为该寺创作的飞天画卷的活动。在法隆寺的盛大赠画仪式上，赵朴初以中国佛教协会会长的身份特意为这次文化交流题字。日本 NHK 电视台在黄金时段播出电视专题片《沿丝绸之路而来的飞天》，对这次赠画仪式进行报道。面对采访，赵朴初和井上靖联袂通过电视屏幕发表了热情的讲话。赵朴初表示："中国飞天传到日本 1300 年，常书鸿夫妇的飞天也要再飞 1300 年。"井上靖也在发言中说："中国的飞天在 1300 年以前由鉴真和尚带到了日本，现在常书鸿夫妇的绘画第二次把飞天传来日本，很有意义。"

井上靖逝世后，赵朴初以中国佛教协会会长的名义致电表示悼念，后将这篇电文刊载在《法音》杂志 1991 年第 3 期上。赵朴初于 1991 年 4 月 29 日在中国人民对外友好协会"追授井上靖为'人民友好使者'茶话会"上发表讲话，高度肯定井上靖创作中国题材作品、推动中日友好文化交流的历史功绩。

1999 年赵朴初去世后，日中文化交流协会致电表示悼念，电文还特别指出赵朴初先生"曾多次访问日本，与日本各界人士交流，与我协会的中岛健藏和井上靖等历届领导交往很深"。

最能形象地体现井上靖和赵朴初两人不解缘分的是在日本奈良的鉴真墓旁，后部有块赵朴初居士之碑，左侧则是纪念井上靖的《天平之甍》石碑。按照井上靖的生前遗愿，逝世后在鉴真墓旁为他立块纪念碑，与井上靖纪念碑东西相望的是中国赵朴初的墓碑。赵朴初生前对鉴真极为崇敬，1992年他访问日本，掉了一颗牙，埋在鉴真墓旁，并作诗云："昔年堕一牙，埋之盲圣墓。曾因天平甍，两国腾欢舞。"他病重期间，留下遗嘱，说等他死后，骨灰一分为二，一份葬在中国，一份葬在鉴真墓旁，他要永远和鉴真在一起。赵朴初的遗愿终于实现了，他的骨灰被埋在鉴真墓旁。有井上靖和赵朴初一起陪伴，鉴真和尚是不会寂寞的。

（六）常书鸿

原敦煌研究院院长常书鸿热心投身于中日友好事业和两国文化交流，对中日两国间的敦煌学学术交流给予了极大的协助，为两国敦煌学的发展做出了贡献。他对于1979年NHK电视台播放的"地球文明"系列电视节目《丝绸之路》和同年拍摄的根据井上靖同名小说改编的电影《敦煌》均给予了多方帮助。当时，井上靖随电影摄制组到故事发生地拍摄外景，首次到达敦煌，与常书鸿见面后，两位老人都发出了相见恨晚的感慨。在常书鸿的安排下，井上靖参观游览了莫高窟景区。之后，常书鸿又陪同井上靖到酒泉、玉门等地进行文化考察，并在古玉门关遗址前合影留念。

1988年，常书鸿夫妇带着专门为奈良法隆寺创作的一组敦煌飞天绘画亲赴日本，向该寺赠藏画卷。法隆寺专门为此次活动举行了盛大的欢迎与接收仪式。16幅壁画与中国佛教协会主席赵朴初的题字都被安置在法隆寺的贵宾室内，作为镇寺之宝珍藏起来。在欢迎会上，井上靖代表日中文化交流协会发表了讲话，他说："中国的飞天在1300年以前由鉴真和尚带到了日本，现在常书鸿夫妇的绘画第二次把飞天传来日本，很有意义。"井上靖全程参加了这次活动并在私邸接待常书鸿夫妇，宾主进行了融洽友好的交谈。

（七）楼适夷

楼适夷是最早关注和翻译井上靖作品的中国作家。1957年11月5日，楼适夷曾在人民文学出版社接待以日本作家代表团团员身份来访的井上靖，两人进行了长时间的交谈。1963年，中日两国有关文

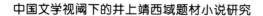

化与宗教团体联合举行鉴真和尚逝世 1200 周年的纪念活动，作为纪念活动的一项，世界文学出版社委托楼适夷翻译《天平之甍》。接受委托后，楼适夷先翻译了该部长篇历史小说的主干内容即第五章的文字，选登在 1963 年第 4 期的《世界文学》杂志上。就在当年，楼适夷完成了《天平之甍》整部作品的翻译工作，该小说的汉语译本由作家出版社出版发行。

（八）曹禺

1982 年 10 月 21 日，曹禺率中国戏剧家代表团访问日本。11 月 28 日，日中文化交流协会的井上靖和白木吾夫先生专程到曹禺家中回访探望。

第五章　井上靖的"西域情结"与中国题材历史小说

第一节　"西域情结"的代表——《敦煌》《楼兰》

一、《敦煌》

"古往今来，无论兴亡，历史的基调乃是哀伤。"这一主题贯穿于井上靖的西域题材历史小说——《敦煌》的始终。

所有的传说
都已埋进沙丘
所有的故事
都已死在荒城
波涛般的、曲线的
沙丘与荒城
历史已成远去的烟云
已成断戟残简、枯骨穷弓
已成蜃楼海市
已成木板线装书发黄的梦
悬垂在大西北倾斜的苍穹
风读着它

给三危山上冰冷的月亮听

给鸣沙山上滴火的太阳听

　　干涸无际的沙漠，仿佛每一粒随风飞扬的沙粒，都蕴含着井上靖文学特有的凄冷诗情。然而，井上靖并不是在写历史。就历史而言，和已知相比，居多的永远是未知。井上靖曾说："由于西域不断发生着民族的移动、更替，以及必然随之而来的破坏与建设，加上沙漠的特殊地理条件，使迷雾的部分放大了。"也正是这迷雾部分，吸引着一代代舍生忘死的探险家和孜孜求索的学者如痴如醉地探秘寻访，井上靖也是其中的一位。

　　位于甘肃省西部古丝绸之路上的重镇敦煌，和死亡沙海中的楼兰一样，是一个谜一般极具魅力的地方。敦煌是古丝绸之路的重要交通要道、商业枢纽、军事重镇，也是中原文化与西域文化交流、中国本土文化与印度佛教文化融会的中心。特别是敦煌南郊的鸣沙山莫高窟，更是充满神秘色彩。从北魏时代开始开凿，至唐朝规模、数量进一步扩大，直到宋元时代逐渐衰微，共开凿了 735 个大小洞窟，其中能确定开凿年代的洞窟有 232 个。洞窟中有大量的佛教壁画、雕塑，有些洞窟还收藏着数量庞大的佛教经卷和大量珍贵的历史文献。但长期不为人所知，直到清末才被发现。敦煌莫高窟中的这些文物何时被收藏，由什么人收藏，为什么要收藏，都是一系列难解的谜团，中外研究者也众说纷纭。敦煌莫高窟的历史本身就是一部跌宕起伏的小说，也为小说创作提供了广阔的想象空间。

　　20 世纪 50 年代前，无论是在中国还是在世界上，以敦煌及莫高窟的历史为题材进行创作的小说类叙事作品尚未出现。一些西方探险家出版的关于敦煌的著作和现代中国学者写的介绍敦煌的文章，引起了一直关注西域学术研究成果的井上靖的注意。日本作家的学者化倾向是个普遍的现象，他们的文学叙事往往刻意要与学术研究联系沟通，有关中国题材的创作，无论是描写当下的中国，还是历史上的中国，都常常注意吸收学界新的研究成果。井上靖正是这样一位学者型作家。

　　中国的历史小说研究者唐浩明曾经说过:"一个历史小说的作家,应该是对自己笔下的历史有着较深研究功夫的学者。"学者型作家的井上靖,其学问素养表现在小说是在学术研究的基础上诞生的。井上靖在动笔之前,翻阅了大量文献资料及现代学者的敦煌学研究成果。例如,罗振玉的《雪堂丛刻》及其他学者编写的《敦煌艺术叙录》《敦煌变文集》等著作资料。还数次前往京都请教日本敦煌学专家藤枝晃。在写作过程中,有关敦煌的知识,井上靖多是研读日本学者的论文,相继阅读了藤枝晃的《沙州归义军节度使始末》《维摩变的一个场面》、冈崎精郎的《河西维吾尔史研究》等学术文献,还有日本《史学杂志》所载的铃木俊的《敦煌发现的唐代户籍与均田制》,以及《王延德高昌行纪》《高居晦于田纪行》《敦煌县志》《武备志》等,并通过西域文化研究会编辑的《敦煌佛教资料》中冢本善隆的《敦煌佛教史概说》了解当时西域入口河西一带的宗教情况。井上靖的作品多处表现出对学问的特殊关注,主人公赵行德屡试不第的遭遇或许与作者青年时代的多次落榜有关。特别是关于赵行德在沙州灭亡前夜抢救经典的构思,更具有鲜明的文化色彩。他的想法是"财宝、生命、权利,各有其主,但经典不同。经典不是哪个人的财产,只要不烧,在哪儿都行……只要不烧,放在那儿就有价值"[①]。

　　在从石窟里发现的古文书中年代最晚的部分资料来看,石窟封存是在宋仁宗时期。在中国的史书中,在 1026 年以后的近 10 个世纪里,关于敦煌经卷的记载相当缺乏,这强烈地刺激了小说家的想象力。因此,井上靖在研读敦煌各方面资料之后推定,经卷封存的原因应当是外族的入侵。井上靖说:"执笔开始是 1958 年 10 月,最初想写成 300 页左右的中篇,清楚地写出从早晨到晚上封存敦煌石窟的一天。不用说,封存的原因只能是外族的入侵。说到外族的入侵,这也只能是西夏收沙州、瓜州灭归义军节度使曹氏的情况。从封存的物品来推想,可以认为封存的人可能是僧籍的人,或者是当时的官吏吧。"

---

① 　井上靖.井上靖历史小说集:第 1 卷[M].东京:岩波书店,1981:196.

　　20 世纪初，敦煌千佛洞石窟沉睡的数目庞大的经卷得以重见天日，这无疑是 20 世纪文化史上的一件大事。然而，这些经卷为什么被埋进石窟却是一个谜。井上靖在他的创作札记中提出，他要描写的正是那经卷背后隐藏的历史，这是他最感兴趣的课题。小说主人公赵行德固然是虚构的，但井上靖是要通过这一人物描写西夏政权的崛起，尤其是改变与周围各民族的政治文化关系这一与敦煌莫高窟藏经洞相关联的历史变迁。与历史学者不同的是，井上靖并不仅仅追寻经卷藏匿于千佛洞的原因，在严肃审视历史事实的同时，以虚构的情节增添了小说的可读性。小说中的主人公赵行德藏匿经卷的最初动机，源于自己对回鹘王女子的爱情。井上靖回忆自己准备写作的经过时，数度满怀惬意地谈到那是一段"极为快乐的时候"。显然，在这一时段，学者的学识、小说家的想象与诗人的诗情交织，融汇于井上靖的心胸，即将以如诗如画的情境诉诸笔下、跃然纸上。

　　井上靖将《敦煌》的时代背景设置在 11 世纪初的宋代。小说中西夏王李元昊、沙州归义军节度使曹贤顺、瓜州太守曹延惠等角色，都是历史上真实存在的人物。但是，井上靖并没有把这些真实的历史人物作为核心人物，而是另外又增设了赵行德、朱王礼、尉迟光这三个虚构的人物作为小说的主人公，其中的一号主角是有着赵宋王朝举人身份的赵行德。小说一开始就写赵行德从湖南乡下来到都城开封参加殿试，因睡过头而错过了应考赴试的时间，导致科场落第。正在失意之中，曾经得其救助的一位西夏女子送给他一块写有西夏文字的布条，这块写着出生秘密的布条引起了赵行德对西夏文字的强烈兴趣。于是，赵行德决定前往西夏。途中加入隶属西夏的朱王礼率领的一支汉人部队，并受到了朱王礼的重用。赵行德在战争中救了回鹘王女子，并与之相爱。赵行德决心到西夏都城兴庆府学习西夏文，便将女子托付于朱王礼。西夏王李元昊从朱王礼手中抢走女子，并迫其为妾。一年半后，赵行德再度与王女相遇，其后目睹了王女从城墙上投身自尽的一幕，他坚信女子是为他坚守贞节而死。回鹘王女子在小说的中间部分就已经死去，但她的影子仍然游移在整部作品之中，并左右着男人的行动。以玉石项链作为人格象征的女子具有不可思议的力量，使文弱的书生赵行德变得勇敢坚强，使剽悍暴烈的朱王礼呈现温柔的一面，由此王女幻化为漫长历史中不灭的女性形象。悲伤的赵行德开始专心研读佛经。后来，赵行德结识了唯利是图的商人尉迟光。尉迟光对莫高窟千佛洞非常熟悉，赵行德利用尉迟光的贪婪本性，将大批佛经混入尉迟光的财产中，一道藏于敦煌鸣沙山的洞窟中。最后，故事中的人物纷纷死去，这些佛经一直深藏在洞窟的密室夹层之中，尘封沙海从来不为世人所知，直到清朝末年被看护莫高窟的王道士发现才又得见天日。

井上靖在写作小说《敦煌》时，并未到过他作品中展现的河西走廊。在《敦煌与我》一文中，他说："写小说《敦煌》以后的 20 年，我就想到自己小说的舞台——河西走廊实际走一走，想亲眼看一看敦煌、莫高窟的愿望很强烈。"① 但是，这个愿望直到 20 年后才变为现实。1978 年，井上靖接受中国人民对外友好协会的邀请初次游历敦煌。有同行者问他："现在站在小说的舞台上，你的感想如何？有没有必须重写的地方？"井上靖回答说："遗憾的是作为小说舞台的地方，都被沙子掩埋了。但如果挖出来的话，应该和小说中描写的别无二致。"

《敦煌》发表以后，对井上靖叙事手法的评价渐高，日本各大报刊的书评都赞其为"宏大的叙事诗""长篇叙事诗"。一位未署名的作者在《周刊朝日》上撰文说："这部作品的根本特点在于它是部长篇叙事诗。在这个意义上，与主要趣味在个人性格及其纠葛的现代小说性质大不相同。主人公赵行德自不用说，连武人朱王礼、商队头目尉迟光都没有所谓正统现代小说式的性格描写……说它不是现代小说，这无损于这一作品的价值，它不是以一个个人物，而是以全部登场人物群为因子而展开壮阔的历史命运，这正是这部长篇叙事诗的最大的主人公。"龟井胜一郎在《读书人周刊》评论《敦煌》时写道：

---

① 井上靖.敦煌：埋于沙下的小说舞台 [M]// 井上靖全集：别卷.东京：新潮社，1999：213.

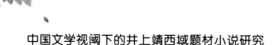

"这部作品的生命，在于井上靖在拓展故事情节时的结构力和文体。他拒绝诗情语言的感伤和甘美，而是冷静地铸刻每一个文字，使人如同阅读雕刻在石碑上的古文字。那是一种坚固。虽然也有一种汉文字的效果，但是在坚固性中，井上靖的诗魂被压缩、凝结了，创造出一种金石文字般端正而遒劲的文体。"

"这部作品的生命还在于惊人的音响和色彩感。不必卒读即可明白，那里有沙漠的风暴、兵士的呐喊、战马的渐鸣，以及自然和生物凄厉的咆哮。读者耳际回荡着发自古代的壮烈的回响。同时，大自然、燃烧的城池、沙漠的黄昏等，给人一种绚丽的色彩感，恍如是在电影中创造出来的无比的美。"

"即使说《敦煌》是由文字组成的造型和音乐的世界，也不会言过其实。这里所描写的，是一切行动的人，是具有原始热情和冷酷的激烈的世界。围绕这些，以一抹妖艳描写了王女悲剧命运的风姿。"[1]

1958 年，井上靖的《敦煌》发表之时，有着得天独厚资源优势的中国作家却没有写出类似的作品，甚至没有人对与《敦煌》类似的题材表现出堪与井上靖相类的兴趣及创作冲动。《敦煌》在很大程度上起到了向日本读者传播中国文化的作用，翻译成中文后客观上又起到了向中国读者扩大和宣传敦煌影响的作用。中国著名作家冰心在《井上靖西域小说选》中文译本的序言中说："我要从井上靖先生这本历史小说中来认识、了解我自己国家的西北地区，以及当年美梦般的风景和人物。这是我欣然作序，并衷心欢迎这个译本出版的原因……我感谢井上先生，他使我更加体会到我国国土之辽阔、我国历史之悠久、我国文化之优美。"[2]《敦煌》是一部成功的历史小说，成为井上靖西域小说的代表作是当之无愧的。这部作品后来被译成数种外文版本，并在日本被改编成电影搬上银幕，引起了很大的反响。

---

① 福田宏年.井上靖评传[M].东京：集英社，1991：209.

② 井上靖.井上靖西域小说选[M].耿金声，王庆江，译.乌鲁木齐：新疆人民出版社，1984：1.

二、《楼兰》

1958 年，井上靖发表西域题材中篇小说《楼兰》。楼兰是位于罗布泊西部的古代西域小国。《汉书·西域传》中对楼兰的记载过于简略，许多问题（如楼兰国属于哪个民族等）都语焉不详，而这恰恰给井上靖提供了艺术想象的空间。20 世纪初，西方考古学家斯坦因·海德第一个到楼兰遗址考察发掘，并发现了一具年轻女性的干尸。井上靖在阅读斯文·赫定记载楼兰之行的《彷徨的湖》一书的日文译本后，便对楼兰产生了创作冲动，他把那个年轻女子想象为自杀而死的美丽王妃。井上靖在无法实地考察的情况下，仅凭借从书本上获得的有关西域的资料，并根据《汉书》上的简单记载，力图再现古代楼兰的历史风貌。他在《楼兰》的开篇处写道："古代，西域有一个名叫楼兰的小国。楼兰这个名字出现在古代东方史上，是公元 120 年后。而它的名字在历史上消失则是在公元前 77 年，总共才存续了 55 年的短暂时间。在东方史上，这个楼兰国的存在距今也有 2000 年了。"在他笔下，楼兰是罗布泊畔的一个弱小国家，在汉朝和匈奴之间的夹缝中备尝艰辛。汉代的统治者，以保护楼兰不为匈奴劫掠为名，让他们从美丽的罗布泊迁往一个叫鄯善的新地方。几十年后，当鄯善的武将们计划从匈奴手中夺回楼兰的时候，美丽的罗布泊已消失得无影无踪，楼兰的街巷也淹没在黄沙之中。井上靖的这部中篇小说重点不在塑造人物形象，而是力图以有限的史料、凭借想象和虚构铺叙情节，复原古代一个西域小国的历史。

楼兰的湮灭象征着一个民族的悲哀，犹如那具年轻女子的干尸一样，默默无言，却又在诉说着一部浑厚凝重、催人泪下的历史故事。这具干尸在井上靖的笔下化为与楼兰共存亡、宁死也不迁往鄯善的安归夫人，美貌绝伦的年轻王后的悲愤自尽意味着一段历史的毁灭。虽然这个人物在整部作品中着墨不多，但是她所表现的精神却是作品的主题，使小说《楼兰》极富浪漫主义色彩，从而升华为一首叙事诗。显然，井上靖虚构的这个贞烈女子与井上靖文学中永恒的女性形象

联结在一起,在情感、人格上与《敦煌》中的回鹘王女是共通的。读《楼兰》,不是读史,不是读历史故事的演绎,而是读一首诗。楼兰本身就是历史与自然写在天地间的壮丽史诗,井上靖的《楼兰》是对这首古老诗歌的诠释,悲壮的史剧浓缩在鲜活的诗语里,读来荡气回肠、百感交集。

在《楼兰》《敦煌》发表之际,日本有些学者称其为"文学冒险",虽然礼貌地加以肯定,但同时认为作品没有细致入微地描写登场人物,让人感到主题不够鲜明。对此,井上靖答复说:"我取材不限于西域,而是想要在广泛意义上写历史小说。这种场合,我总是想从写人的象征剧的心情出发,不是通过个性追求人,而是象征性地处理,从根本上把握个体的人。遗憾的是,我还没有写出这样的作品,但我始终想要写这样的作品。"

现代小说以这种方式追求人是不合适的,但历史小说则是可能的。在既已整理的历史潮流中强行将人拖出来,完全是为了触及人所具有的普遍性问题。

有的小说将历史本身视为人与人的"戏剧场",在这种情况下,历史的潮流,本身就是一个受时空限制的简单舞台。从这个意义上说,虽然穿了历史的衣裳,但是与现代小说没有什么不同。

写历史小说,井上靖常常痛切地感到的就是浮现出心理描写,现实地处理对话,无例外地完全成为"像是目睹的谎言"。由此考虑,"要在历史的潮流中发现人,就只有象征地处理人本身"[1]。

在井上靖的作品中,西域题材历史小说所占比例不是最高的,但其艺术成就和社会影响却是最高的。作为战后最早着手创作这一题材的作家,井上靖为其后日本文坛的中国题材历史小说创作和繁荣开辟了先河。井上靖是第一个将目光投向中国西域的作家,后来其他日本作家对西域、对古代丝绸之路的强烈兴趣及随之而来的"西域小说"创作潮,在很大程度上是受到了他的影响。

---

① 福田宏年.井上靖评传[M].东京:集英社,1991:211.

第二节 西域题材小说中的人物形象

一、井上靖西域小说中的中国人物形象类型

"研究任何一个时代的文化或是任何一个时代的历史,其最终和最高之努力,往往用于觅取对该时代之'人物'的精细了解。因为文学创作和历史事迹幕后一定有'人物'。"①井上靖的中国题材历史小说由于创作结构特点的原因,一部分作品中淡化人物形象,而另一些小说中的人物形象则有着鲜明的性格特点。井上靖的中国西域题材历史小说中塑造了许多中国人物形象,其中有真实的历史人物,也有虚构的人物,这些伟大或平凡的人物形象的塑造,都反映了作者对中国文化的尊崇和热爱。概括起来,井上靖西域小说中的中国人物形象主要有三种类型。

(一)武人形象

在井上靖的西域小说中,比较突出的中国武人形象有班超、索励、朱王礼等。这几个人物在小说中虽然各处不同时代,有着不同的命运,但是在他们身上却有着相同的特点:在他们身上,我们都能发现一种英勇不屈的武士性格和充满孤寂的忧伤气质。

《异域之人》中的班超是中国真实的历史人物。在《后汉书·班超传》中有如此记载:"大丈夫无它志略,犹当效傅介子、张骞立功异域,以取封侯,安能久事笔砚间乎?"②由此可知,班超是胸怀大志之人。但在东汉光武帝、明帝时代,国内大治,汉室基业渐趋稳固,对于班超这样胸怀大志的人,除了西域,找不到其他能赤手空拳而可望博得封侯之功的地方。班超希望有机会就效仿傅介子、张骞在西域

---

① 林语堂.吾国与吾民[M].西安:陕西师范大学出版社,2003:1.
② 许嘉璐.二十四史全译·后汉书:第2册[M].上海:汉语大词典出版社,2004:1031.

立功。42 岁时，班超参加讨伐匈奴的大军，出使西域，在西域大漠一待就是 30 年。作为东汉平定西域的功臣，在西域奋斗 30 年，做出杰出贡献的班超，在他 63 岁那年被封为定远侯，赐领地千户，实现了他自己的梦想。但在他死后仅仅 5 年，东汉就放弃西域，召回都护、屯田的官吏和士兵，再次紧闭玉门关。班超一生的奋斗，成为过眼云烟。40 多岁才入伍，本想着能像傅介子、张骞一样在西域建功立业的班超，开始时也不会想到，自己会在西域待那么长时间，自己的余生会同西域结下了生死之缘，一直到自己老去。在小说的结尾，年近 71 岁的班超上书请求回到祖国得到和帝批准，回到阔别 30 年的洛阳街巷时，班超看到自己在西域的辛苦以一种奇怪的形势充满洛阳城内，胡风胡气引人注目，出售西域物产的店铺比比皆是。

在西域的 30 年生活，班超俨然已成为一个"胡人"。洛阳城中孩童口中的"胡人"叫的不是别人，正是班超。"大漠的黄尘改变了他的皮肤和眼睛的颜色，孤独的岁月从他身上夺去了汉人固有的从容稳重的神情。"表面上看，班超出使西域算是大有成就，其实却满怀落寞。当班超在西域为国家耗尽心血时，洛阳却流传着有关他"身居异域，拥娇妻，抱爱子，贪图安逸，失去了关顾祖国之心"的谣言。班超不得不决定让妻儿回国，自己一人留守西域，背井离乡，一人与大漠黄沙为伴。在班超死后 5 年，东汉放弃了西域，他一生的努力化为灰烬。《异域之人》将班超描述为"身材高大，相貌敦厚，但目光锐利，带有一种异样的光彩，而且开口之前有用这双眼睛凝视对方的习惯，被凝视的一方无一例外都感到害怕。平时少言的人"。井上靖将班超塑造成一个性格沉郁、冷峻威严、难有亲近感的人，而这种人物形象的塑造让人觉得十分的压抑。小说中还有关于班超得不到故国人心的支持和信任，来自亲信部下及盟友对他的背信弃义，与妻子、兄长及挚友的生死离别的大量描写，这些表明其西域事业充满艰辛、阻挠，进一步表现出班超壮志未酬的郁闷情绪。

小说《洪水》中的索励，有着与班超相似的经历，他"率敦煌兵一千人出玉门关，在流经塔克拉玛干沙漠东部的库姆河畔建立新的武装、屯田基地"。文中对出身边远之地的中年武将率队离开玉门关城门时如此描述："索励看了片刻玉门关建筑中的一处高耸的望楼。当视线离开望楼，他马上恢复了天生的目光锐利、意志坚强的表情，下达前进的命令。"[①] 这一去不只他自己，谁都认为他们这一千多人不会重返汉土了。屡次调换边境防地，将半生献给了与其他民族斗争的索励，这次进兵西域，心里多少还是有些不同以往的感慨，因此才会在部队离开城门时让自己和士兵与不会再见的故国诀别。为了奇袭匈奴兵营，面对狂涛奔腾的库姆河，索励身先士卒，率部下强渡库姆河，宁可牺牲自己也不听十几年来在作战中与自己同甘共苦、最值得自己信任的部下的建议——用女子祭祀的方式来平息河神的愤怒。在祈祷一个多时辰仍不见河水退去时，索励向士兵们大声喊道："吾之精诚之所以不能通天，是因为恶魔居于此河中。既然如此，则只能以武力挫败恶魔，退水后强渡此河。"此时的索励宁可让洪水吞噬自己半数的人马，也不想将自己爱恋的女子投入浊流。与匈奴的反复战斗，将他的斗志磨损，使他变得麻木。

当朝廷的使臣带来让索励回朝的命令时，他并没有因极大的荣华显达在等着他而欣喜，"从决定回国到此时，索励一直忙于修整耕地，以及与时而出没的匈奴小部队进行零星的战斗"。当他率众启程回朝时，又一次遭遇库姆河神的愤怒，受到洪水的阻拦。当他信任的部下建议尽早渡河时，他把部下留在帐篷里，独自一人走出去，淋着雨站在河岸上。"这时的索励，熬过了第一次体验的如同受刑般的痛苦。"他用牺牲他钟爱的女人来换得部队的渡河，然而最终他们还是没有逃脱洪水的吞噬。在时间的洪流中，这个绝不屈服的人，最后也不得不向命运妥协。

小说《敦煌》中的朱王礼40多岁，在前线部队中屡立战功，据说是一员武勇威猛的虎将，无人匹敌。[②] 他原是宋朝的将领，在战斗中被西夏俘虏，编入了西夏军队。作为宋朝军队将领却要为西夏作

① 井上靖.井上靖文集：第2卷[M].郭来舜，译.合肥：安徽文艺出版社，1998：335.

② 井上靖.井上靖文集：第2卷[M].郭来舜，译.合肥：安徽文艺出版社，1998：348.

战，这对于一个军人来说是一种耻辱。朱王礼认为这是他的奇耻大辱，谁要是触到这块伤疤，他肯定会暴跳如雷。但为了生存，他不得不为西夏作战，可他依然清楚自己汉人的身份，因此当他交代赵行德为自己部队立碑时，赵行德问他是用汉文还是西夏文时，他大喝一声："糊涂！碑文当然用汉文写！我们不是西夏人。"后来，由于赵行德要前往兴庆学习西夏文，不得已将自己救下的回鹘王女托付给朱王礼。在赵行德出去学习西夏文的两年时间里，朱王礼也喜欢上赵行德托付他照顾的回鹘女子，可最后回鹘女子却被西夏王李元昊夺走了。被自己的统帅生生夺走心爱的女人，朱王礼只能眼睁睁看着，他十分不满，却又无可奈何。因此，当他面对赵行德的质问时，不得不撒谎说回鹘女子病死了。他不愿告诉赵行德真相，是因为他为自己不能保护回鹘女子而深深自责，他的内心受到极大煎熬。这个在战场上总是身先士卒、英勇杀敌的将领，面对自己心爱的女人被抢却毫无反击。最后，他做了一件必须要做的事，非做不可的事，那就是杀掉李元昊，举起反抗西夏的大旗。[①] 对于朱王礼这一形象的塑造，井上靖或多或少是带有一些蔑视的，朱王礼作为宋朝的将领却毫无民族精神，即便最后反抗李元昊，也是因为他认为自己喜欢的女子被李元昊所害。他背负耻辱为敌而战，生生看着心爱的女人被人夺走的经历，不得不说充满了悲剧色彩。

（二）文人形象

赵行德是小说《敦煌》中的主人公。宋仁宗天圣四年（1026 年），他从老家湖南的乡下到京城开封赶考，虽然各地云集京师的考生多达33800 人，但他认为考生里没几个人比他有学问，他也具备自负的真才实学。赵行德出身儒门，自幼好学，这一年他 32 岁，可以说至今书籍从未离开过他的身边。在会试之前的几场考试中，他都轻松过关，他也从未想过自己会名落孙山。

在最后的考试前，赵行德却因为睡着而错过了考试。在梦里，赵

---

① 井上靖.井上靖文集：第 1 卷 [M].郑民钦，译.合肥：安徽文艺出版社，1998：54.

行德不支持何亮的安边之策，还给出了自己的看法。西夏作为宋朝的一个威胁，如果现在仍不解决的话，将来必定会成为宋朝的心腹大患。在错过考试之后，什么殿试，什么及第，什么白衣公卿，什么一品白衫的荣耀，如今都化作一缕梦幻烟云。从梦中我们可以看出赵行德的思想和人品。此外，这个梦还隐藏着另外的意思，即使梦中的一切不是虚构的而是真实的话，赵行德也会因反对宋朝的安边政策而遭到免职。赵行德在考试前因疲劳而睡过头或许是偶然的，但反对朝廷的政策被免职则是必然。井上靖在小说中给主人公设定了这样一个背景，其实是作者自己的自卑感和多次考试失败的求学经历的反映。失去考试机会的赵行德失魂落魄地走在街上，不觉中来到城外的一个市场，在这里他买下了一个"肌肤虽然不算白嫩细腻，但很丰满，而且具有一种行德从未见过的光润艳丽，仰躺的脸庞颧骨凸出，下巴尖细，眼睛微微下凹发黑"的西夏女子，并从她身上得到一块写有西夏文字的布。得到这块写有异样形状文字的布后，小说中有一段赵行德的心理描写："他边走边觉得现在的自己和过去的自己似乎有所不同。虽然说不清什么地方怎么不同，但是好像自己心里一直珍藏的东西被别的什么东西取代了。他觉得刚才还为进士考试的事耿耿于怀实在无聊，甚至为此沮丧绝望更是滑稽可笑。"①

正是布条上赵行德并不认识的西夏文字，让他刚刚遭受的精神打击消失得无影无踪。这写有异国文字的布动摇了赵行德固有的观念和对人生的态度。赵行德打算弄清这30个文字的意思，为此可以不惜一切。过去几年，他为考取进士就像着了魔似的勤奋用功，如今梦想落空，无所留恋，此时西夏文字进入他的心间。他想认识西夏文字，也想踏上西夏的国土，还希望走进西夏人群居的生活里。由此我们看出，井上靖笔下的赵行德是一个对未知世界充满好奇的人，我们也可以感觉到作者本人就是位抱有好奇心的探险家。

日本评论家福田宏年曾说："《敦煌》中的赵行德其实就是按照井

① 井上靖.井上靖文集：第1卷[M].郑民钦，译.合肥：安徽文艺出版社，1998：373.

上靖的样子想象出来的。异国的形象，是出自一个民族（社会、文化）的形象，最后是由一个作家的特殊感受所创作出的形象。"我们可以想象出《敦煌》中的赵行德，其实就是井上靖为了满足自己对西域的探索而塑造的自我形象。

小说对于赵行德和回鹘王女的爱情并没做详细的描写，但却写得非常令人感动。在他们相遇的安排上就十分巧妙，回鹘王女本已和家人逃出城去，但为了等他的未婚夫又返回城里，躲在城墙上，赵行德被刻画成她未婚夫的化身来到城墙。赵行德从发现这个女子的瞬间开始，就觉得保护回鹘王女是自己的使命，所有这一切都是命中注定，否则他也不会千里迢迢从大宋都城跑到这来。当回鹘王女见到重回甘州的赵行德后，纵身跳下城墙，以死向他剖示心灵的纯洁。赵行德坚信回鹘王女是为自己而死的，想到这，一股内疚、哀怜的情绪就涌上来，仿佛感受到女子的切切哀伤。他和回鹘王女短暂的如梦般的爱情里弥漫着一种让人感动的悲伤。回鹘王女死后，赵行德失去重返大宋的心情，她的死让他对佛教感兴趣了。赵行德发现自己的心灵逐渐追求一种绝对的境界，愿以皈依的形式跪倒佛前。与回鹘王女的情缘破灭后，赵行德选择做一些更有有意义的事，那就是和朱王礼、佛教徒们一起经历生死，拼尽全力去保护那些绝世的书籍经典。最后赵行德在千佛洞藏书并不是小说的高潮，而是小说的目的。赵行德从只身来到西域求解西夏之谜，到心甘情愿地保护王女，再到想方设法保护佛教经典，中华民族的传统美德"仁义"，在这个小人物身上得到很好的体现。这个饱读诗书、富有人情、有责任担当、为理想奋斗到底的人物形象，成为井上靖笔下追寻西域之谜的核心，也是井上靖西域系列小说中刻画得最为细腻的人物。赵行德也许就是作者本人探寻中国西域的化身，作者希望通过赵行德去解开自己从学生时代就存有的疑问：到底是谁，在什么时候将这些经书藏于敦煌千佛洞的。

（三）美人形象

在井上靖的西域小说中，描写刻画的女性人物并不多，但即使是轻描淡写地提及，我们也不难看出，井上靖笔下的女性大多婀娜多姿，对爱情忠贞不移。《楼兰》中自杀的年轻王后，《敦煌》里的回鹘王女，《洪水》中的亚夏族女人等，她们作为小说中隐形的女主人公，成为小说故事发展的主线，在她们身上几乎清一色地带有孤独气质，执着于爱情，却往往摆脱不了悲剧性命运，在打动人们心灵的同时流露出一种悲哀幽怨之感。

《楼兰》中那个年轻女子的干尸，在井上靖的笔下化为与楼兰国共存亡宁死也不迁往鄯善的安归夫人，她的悲愤自尽意味着一页历史的毁灭，却显示出一种不可征服的人格力量，这是人性的永生。小说中如此描述年轻王后的葬礼："两个侍女给她裹上几层美丽的丝绸，头戴头巾式的帽子。尉屠耆亲自将遗体入殓，遗体上覆盖着他从汉朝带回来的图案精美雅致的缎子。"

"楼兰人从她的死才真正明白，她无法在楼兰以外的地方活下去。正如离开罗布泊就不存在楼兰一样，离开罗布泊也就不存在这个年轻的王后。"关于王后的死因，谁也不知道，但人们对她的死却显得非常平静，因为不论什么原因都是年轻王后不愿离开楼兰的理由。年轻的王后象征着楼兰人坚忍顽强的意志和无可奈何的痛苦心情。楼兰人将寄托了他们回归情结的年轻王后埋在了楼兰，之后才踏上迁都的征程。楼兰人虽然走了，但是他们的"魂"还留在楼兰。小说对年轻王后的描写并不多，虽然寥寥数笔，她的美丽、她的悲情却完全展现在我们的面前。

在《敦煌》中，回鹘王女可以说是一个最重要的女性角色，她使柔弱的书生赵行德变得勇敢，使粗鲁的朱王礼变得温柔。与赵行德的相遇，以及几天的接触，使她认定赵行德就是她未婚夫的化身，因而倾心于他。在赵行德得到命令要前往兴庆学习西夏文而向她告别时，她流露出万分的不舍。"还回来吗？""一年之内一定回来。""那我就在这儿等你。你发誓一定回来。"由此我们看出回鹘王女已把赵行德当作她今后的依靠。在赵行德离开一年多后，回鹘王女遭遇了痛苦的经历，被李元昊夺去做了他的侧室。当回鹘王女与回到甘州的赵行德邂逅时，她内心惊异、困惑、喜悦、悲哀的感情交织在一起，可是她

无法表达，只能策马离去。为了向赵行德剖示自己心灵的纯洁，她选择了自杀，纵身从城墙上跳下。"就在这时，赵行德看见刚才在城墙上一动不动的黑点突然飞离城墙，仿佛抓着挂在墙头的一条长尾巴顺着墙壁坠下来，动作极其敏捷迅速。"王女纵身跳下城墙，其从一而终的坚毅及视死如归的决心，震撼着我们每一个人的心。回鹘王女跳下城墙，看似独立的坚贞行为，却改变了两个男人今后的命运。王女的死，驱使朱王礼发怒去报仇，要杀李元昊。王女的死也促使赵行德把对王女的思念寄托于抄写经书上，把那些宝贵的经书典籍藏于敦煌的洞窟中，为后人留下宝贵的财富，而回鹘王女的悲惨命运及她美丽而坚毅的形象也深深地留在我们的心里。

小说《洪水》中陪伴在索励身边的亚夏族女子，虽是一个沉默寡言、不引人注目的女人，但索励爱她，这个女子给索励在胡地的生活带来极大的安慰。小说对这个女子并没太多描述，但我们却能清楚地从字里行间找到她的影子，这女子虽然生来不善表达喜怒哀乐的情感，但是当听到索励并无返汉之意时，"她的眼睛闪闪发光，尽情说笑，然后整整一天用所有的装饰品打扮自己，她的这种模样打动了索励的心"①。这短短的几句，勾勒出她的心事。然而，当索励接到回国的命令，部队在归途中再次被库姆河阻拦时，"内心熬过了第一次体验到的如同受刑般的痛苦"②，做出"祭献女子"的决定。当士兵拉亚夏族女子去祭河神时，她默默不语。一直担心自己逃脱不了被抛弃的命运，可真正要面对的时候，也只是静寂地忍受着悲伤。索励在毫无办法的情况下牺牲自己心爱的女人来换取河神的平静，这愈发让人同情亚夏族女子的悲剧命运。

在这三个美人形象中，楼兰王后和回鹘王女都是用一种消极的方式解决问题的。作者井上靖之所以这样安排，是因为在日本人眼中，自杀并不是懦弱的表现，相反恰恰是勇敢的表现，她们都勇敢地选择了自己的道路，把握着自己的命运。而对于索励身边的亚夏族女

---

① 井上靖.井上靖文集：第 1 卷 [M].郑民钦，译.合肥：安徽文艺出版社，1998：146.

② 井上靖.井上靖文集：第 2 卷 [M].郭来舜，译.合肥：安徽文艺出版社，1998：345.

子，井上靖则把传统日本女性沉默、温柔、顺从的性格赋予了她，虽然她已做到最好了，但最后还是无法摆脱被索励抛弃的命运，这似乎是作者在告诉我们，人不过是历史长河中极其渺小的一粟，再多彩美好的人生都避免不了悲哀的结局。

　　通过以上分析，我们可以看到作家井上靖笔下的中国人物形象，不论是男是女，也不论是武人还是文人，大多都是正面形象，他们是作者眼中理想的中国人的化身。然而作者作为一个"他者"，塑造生长在中国的人物形象时，并没能完全正确地刻画出真正的中国人物性格，在这些中国人物的身上或多或少带有作者的个人经历和感情。苦心经营西域，耗尽一生，最后一切努力却付诸东流的班超；在与洪水殊死搏斗，最后却无奈献出自己心爱女人的索励；作为宋朝将领，被俘为西夏作战，眼睁睁看着自己喜爱的女人被别人夺走却无可奈何的朱王礼；未能入世做官，阴差阳错当了兵，最后因所爱之人为己而死，把注意力投向佛教的赵行德；宁死不离楼兰的楼兰王后；为爱纵身跳城墙的回鹘王女；逃脱不了被抛弃命运的亚夏族女子……这些人物的性格缺乏变化、发展，也都过于平面化。然而，在他们的身上，我们始终可以看到孤独的气质，他们身上散发的浓厚的悲剧色彩，以及无法逃脱的悲惨命运，这些都深深地打动着我们。在井上靖塑造的这些中国人物中，即便强如班超、索励，都给人一种悲凉之感。

二、西域题材小说中的女性形象

　　正如上文提到的关于井上靖作品中的"美人"形象，在这一系列西域题材小说中，井上靖除了书写"美"，还塑造了鲜明的西域各民族的女性形象：《敦煌》中的回鹘王女，《楼兰》中年轻的楼兰王后，《漆胡樽》中的匈奴女子，《异域人》中的于阗女子，《狼灾记》中的铁勒女子，《洪水》中的亚夏族女子，以及《苍狼》中成吉思汗的爱妃忽兰。她们不仅是文学作品中的"美人"，还是一次女性形象的完美塑造与书写。

　　井上靖的历史小说创作方法是尊重史实与自由发挥并存，继承了

森鸥外以考据、实证正史资料为依据的纯历史小说的基本品格，使小说表现出纯历史小说的严肃性和历史可信性，但又不为正史资料所拘囿，在一些非主要事件和人物的描绘上敢于发挥自己的想象力和重构力，从而实现了小说文本建构的审美追求：诗与史的融合。他所创作的西域题材历史小说无一不是尊重历史与发挥想象的产物，对西域各民族女性形象的塑造更是其发挥想象的最具有代表性的产物。

（一）贞节

小说《敦煌》中科举失意的赵行德茫然地走在街上，见一个西夏女子一丝不挂地横卧在木箱上，要被男人切块卖掉。赵行德问女子自己是否愿意，女子粗暴地回答"愿意"，声音高亢、清脆。赵行德不忍看女子受折磨，要将其整个买下。那女子说道："对不起，不卖整个的。你不要看低西夏女人，要买就一块块买。"在付钱买下西夏女子，让其自由离去之后，赵行德开始思考自己这一天的经历，也开始思考西夏女子，当时她躺在木板上在想些什么，她真的不在意生死吗，她拒绝被整个买下又是为什么。赵行德感到他的心被一种巨大的、强烈的东西抓住了。他认为西夏女子不在意生命得失的沉稳，也许并不是她本身所特有的品性，如同她暗沉的瞳孔颜色，是整个西夏民族所特有的。这里所表现出的贞操观念和中国传统观念不尽相同。中国传统的贞操观念一般是指女子从一而终的操守，而日本则是指女性对男性保持性的纯洁。小说中西夏女子之所以会被人切肉卖掉，是因为她跟男人私通，还要杀了这个男人的老婆。但即便如此，她仍然高傲地拒绝被赵行德整个买下，宁可被一块块地切肉卖掉，也要保持自己的纯洁，哪怕对方只是私通的对象。这种贞操观念还体现在小说中回鹘王女的身上，以及《狼灾记》中的铁勒族女子等女性身上。这些女子在遇到小说男主人公之前，都有各自的未婚夫或丈夫，然而和男主人公有了情感纠葛之后，她们宁愿为其坠城而死，或变身为狼。

赵行德在一次战争中遇到回鹘王女，她在城墙烽火台上等待未婚夫回城，遇到赵行德后，相信未婚夫已经在交战中死去，赵行德就是未婚夫转世。赵行德与其约定前往兴庆学习西夏文一年后就回来，却在三年后才回来，此时回鹘王女已被迫成为统帅李元昊的姜室。二人在城中心擦肩而过，赵行德注意到回鹘王女，想靠近确认，回鹘王女发出一声轻微的叫声，随即匆匆从赵行德面前走过。而后，在阅兵仪式上，赵行德亲眼看见回鹘王女突然间飞一般地从城墙上跃下。赵行德明白，回鹘王女的举动大概是为了向自己表明其纯洁的内心，因为对于回鹘王女来说，除了"死"这种表达方式之外，再无他法。赵行德深信她是为了自己而决意自杀的。其后，每次想起回鹘王女，赵行德就感到某种安定的静谧感充满了自己的五脏六腑，已然不是对故人的爱恋之情，也不是悲欢之情，而是对人类情感中最纯粹的、最完美的情感的赞叹。在与尉迟光一同前往瓜州的路上，赵行德与尉迟光为回鹘女人是否守贞节一事出言争辩。在此之前，赵行德在任何事情上对尉迟光一直都是忍让，唯独对回鹘女子的贞节一事不能让步。赵行德一再强调回鹘女子也有贞节，高贵的王族女子为表明自己的贞节不惜一死。野蛮粗俗的尉迟光对赵行德大打出手。

贞操观念在井上靖西域题材历史小说中多次出现。井上靖另一部长篇小说《苍狼》中成吉思汗的爱妃忽兰更是坚守贞操的典型形象，并因为坚守贞操得到男人的爱恋。小说中，成吉思汗对曾多次身陷险境却仍坚守贞节的忽兰产生了真挚的爱情，认为她就是传说中"惨白如白昼的鹿"的化身。

在小说《楼兰》中"贞操"二字从未出现过，但虚构的楼兰王后的死因却应该与其有着深刻的关联。小说《楼兰》是井上靖根据斯文·赫定的《彷徨的湖》构思而成的作品。小说中，井上靖将斯文·赫定发掘的年轻女性的干尸虚构为楼兰国的先王王后，她在新王即位、举国迁往新都鄯善的当天夜里服毒自杀。对于其自杀身亡，最感悲痛的人是新王，因为新王有意将其作为自己的妻室。这不仅是新王一个人的想法，还是整个王族的愿望，当然更是所有楼兰人的愿望。她为全国人民所敬爱。人们对先王王后的自杀原因议论纷纷，有人说是因为其对先王的死过于悲伤，有人说是因为要离开埋葬先王的楼兰而悲痛过度，还有人说她一定是为即将遭到遗弃的楼兰殉葬而死。作者列举出人们的各种议论，却唯独没有说先王王后是因为不想成为新王妻室而自杀身亡的。新王想将其作为妻室的想法从新王到整个王族，再到所有楼兰人，当然也包括先王王后都非常清楚。深受楼兰人民敬爱的王后为什么宁愿服毒自杀，也不做可以满足新王、整个王族、所有楼兰人愿望的事情。如果说是因为其对先王的死过于悲伤而自杀的，那么自杀行为也许应该发生得更早，从先王被杀到新王即位历时两个月，这期间都应该有更大的可能性。如果说是因为要离开埋葬先王的楼兰而悲痛过度，或者说是为即将遭到遗弃的楼兰殉葬也很难解释得通，因为当时楼兰人都认为舍弃楼兰城邑是暂时的，新王即位后发布的第一道命令就是召集十岁以上的所有王族和故老忠臣讨论决定楼兰国的迁都问题，最后决定的结果是暂时先服从汉朝意志，舍弃楼兰城邑，在南方经营新国，待国力强盛再将国都迁回罗布泊畔，所以先王王后没有必要为了还有可能回来的楼兰殉葬身亡。因此，可以推测先王王后是因为不想成为新王妻室而自杀身亡的。从井上靖所塑造的一系列西域各民族女性形象，以及其随笔中提到的其想写的几种类型女性和理想中的女性等内容来看，也许可以说先王王后的自杀行为可以看作是其对先王安归的情感坚守，或者可以说是为了坚守贞操。

（二）坚忍

在小说《漆胡樽》中，汉军陈氏曾于元光六年（公元前 129 年）跟随卫青在雁门关与匈奴作战，被俘留居胡地十年有余，思念故国的感情日趋加深，于是以花言巧语哄骗平日对他有同情之意的族长之妻，与其一同逃往汉地。在逃亡的第三天晚上，二人同乘一匹马，为了不使女子跌落，陈氏将女子捆在马上，女子疲惫不堪，却一言不发。后来，陈氏下马，解开捆绑女子的绳子，女子像一件物品似的跌落在地，她早已筋疲力尽。"苦吗？"陈氏问。此时女子已无力回答，只是无力地摇头凝视着他。女子口里含着水，静静地断了气。只有在这一瞬间，陈氏才对女子产生了一丝感情，但那却不是爱情。整个故事女子只说了一个"不"字，一直默默承受痛苦，默默献出生命，却没有一句表白。这正是井上靖笔下女性形象的一个显著特点，

"女性不轻易或不直接告知对方自己的心意，而是一直等待对方了解自己内心的情感。女人对人体贴、细心的关怀、感情的情趣都不直接表现在表情和动作上，而是深藏在内心深处"。小说《漆胡樽》中的女子明知陈氏哄骗自己的目的是协助逃亡，而自己会为此搭上性命，但还是决定用自己的生命送陈氏一程，在生命的尽头，才换来陈氏"一丝感情"，这感情却不是女子期待的"真挚不渝的爱情"。

小说《洪水》中亚夏族女子的命运也是如此凄美。东汉献帝末期，索励率领敦煌兵出玉门关，在库姆河畔建立新的屯田营地，为将来汉军进驻做准备。这段历史在《水经注》中有所记载："敦煌索励，字彦义，有才略。刺史毛奕表行贰师将军，将酒泉、敦煌兵千人，至楼兰屯田。起白屋，召鄯善、焉耆、龟兹三国兵各千，横断注滨河。河断之日，水奋势激，波陵冒堤。励厉声曰：'王尊建节，河堤不溢；王霸精诚，呼沱不流。水德神明，古今一也。'励躬祷祀，水犹未减，乃列阵被杖，鼓噪欢叫。且刺且射，大战三日，水乃回减。灌浸沃衍，胡人称神。大田三年，积粟百万，威服外国。"井上靖的小说《洪水》是根据这段历史进行创作的，小说中前半部分内容是作者依据史实而写，而最后被索励抛弃的亚夏族女子则是作者虚构的。在索励的军队驻守楼兰的第五年，屯田积粟百万，索励决定举行历时三天的庆祝仪式，女子问索励举行如此盛大的仪式是否因为军队不久将离开邑城，索励否认，女子一直注视着他的眼睛，静静地摇着头。是否带女子一同离开？女子的头发、眼睛、皮肤的颜色及语言都让索励有顾虑。最后，当洪水挡住归途中的索励时，索励主动提出祭献女子。祭献女子后，河水减退，索励顺利渡河，又对牺牲的女子产生了感谢和怜悯之情，同时感到过去从未有过的如释重负般的轻松感。紧接着，洪水如发怒的蛟龙，毫不留情地将索励的军队及三年间的一切吞噬。在井上靖的西域题材历史小说中，多数男性都很珍视女性的情感，或者能明白并回应女子对自己的感情，即便是《敦煌》中鲁莽的朱王礼也有着一怒为红颜的激情，虽然他明白回鹘王女对自己并无感情，但是因为自己深爱着这女子，所以不惜性命与统帅李元昊决战。

《异域人》中班超的部下赵私自娶于阗女子，后来女子被班超强行送走，途中女子中毒箭身亡，这位常年与班超共患难的部下赵投奔龟兹军，并率兵与班超的军队作战。只有《洪水》的男主人公索励抛弃女子，最后被洪水吞噬。这一虚构描写，是井上靖西域题材历史小说中唯一的一次让辜负女子感情的男性遭遇厄运。也许这只是井上靖小说创作的一种尝试，但也许井上靖想借此捍卫其心目中理想女性的情感。

（三）唯美

从井上靖所塑造的西域各民族女性的形象中，我们可以看出其西域题材历史小说创作的一个特点就是人物之间的对话描写并不多，但画面感很强。作品《楼兰》中年轻的王后以自杀出场；《漆胡樽》中匈奴女子一直只说一个"不"字；《异域人》中于阗女子只有被迫离开时的哭声；《敦煌》中西夏女子被卖时只说"愿意"，回鹘王女再遇赵行德时只是"啊"了一声。言有尽而意无穷，虽然对话不多，但场景感很强，有文学绘画的气质。井上靖这独具特色的文学绘画气质的形成，得益于其十余年美术记者的经历。因此，他的文学作品常见诗歌或绘画中精练的语言及唯美的意境。

在《楼兰》《敦煌》发表之际，日本有些学者将其称为"文学冒险"，并礼貌地加以肯定，但同时认为作品没有细致入微地描写人物，让人感觉主题不够鲜明。笔者认为这也正是井上靖文学创作的一个特点，小说中的人物只是象征性地存在，读者可以根据自己的理解不断丰富人物形象及其内心世界，这种创作手法给读者留下很大的想象空间。如前文所述，小说《楼兰》中先王王后的出场就是服毒自杀的结局，读者根据小说前后的内容，结合作家的其他作品及其创作倾向，剥茧抽丝般地分析出先王王后的死因，更加深了读者对井上靖塑造女性形象的理解。相反，如果作者直接交代先王王后是为了坚守贞节服毒自杀的，或者再对其内心世界或自杀前后进行细致入微地描写，那么这部分内容也就索然无味了。

井上靖笔下西域各民族的女性大多具有高贵的灵魂，并坚守贞操，寡言少语，多用行动向男子表明情感，因此给人以静谧之美。从中也可以看出，这是井上靖进行历史小说创作时充分发挥想象的部分之一。另外，井上靖所描绘的西域各民族女性与其理想的女性形象有着或多或少的关联，也就是说，井上靖将其理想中的女性形象化身为小说中西域各民族的女性，让其生活在自己一直向往的土地上，实现自己年轻时候的梦想。

第三节　井上靖中国题材历史小说的影响

叶燮的《原诗·内篇》有云："大凡人无才则心思不出，无胆则笔墨畏缩，无识则不能取舍，无力则不能自成一家。"[①]鉴于此，他将文学创作与研究者所应具备的素质界定为"大约才、识、胆、力，四者交相为济，苟一有所歉，则不可登作者之坛。四者无缓急，而要在先之以识，使无识，则三者俱无所托"。上述"才""胆""识""力"四种因素"交相为济"的说法，用于综括井上靖的文学创作情况也是颇为恰当的。在井上靖长达半个世纪的文学生涯中，纵观他的创作经历，的确体现了卓识与才情、广博与精深、恪守与原创等诸多因素融会而成的通达境界。

如前所述，井上靖是日本近现代以来最有影响的中国题材历史小说作家。他的作品或是以艺术的形式再现了中日两国之间历史悠久的文化交流，歌颂中日两国人民悠久的友好历史；或通过对中国古代文化的描绘，勾勒出一个有着悠久历史、灿烂文化而爱好和平的文明古国的形象。这些作品，可以使战后的日本人更好地了解中国，了解日本文化与中国传统文化之间的关系，对中日两国人民之间的友好往来起到了不可忽视的促进作用。日本著名学者德田进认为《孔子》这部作品使那些读过或未读过《论语》的人，都能把孔子作为中国的代表人物来理解。井上靖在这些作品中，表现出对中国古代文化的礼赞之

---

① 王夫之，等.清诗话[M].上海：上海古籍出版社，1963：571.

情，倾注了对中国人民的友好感情，以及对中日两国人民世代友好的真挚愿望。井上靖通过对这些作品的创作，在中日文化之间架起了一座美丽的虹桥。①

在日本的历史上，一共出现过三次"丝绸之路"热潮：第一次是在中国的唐代，第二次是在日本的明治维新时期，第三次就是井上靖的小说《敦煌》的出版和纪录片《丝绸之路》的拍摄。由此可见，井上靖在传播中国文化方面所做的贡献。

1980年6月10日，井上靖被推举为日本中国文化交流协会会长，此后长期担任这一职务。对中国历史文化的强烈认同和对中国人民的深厚情感是促使其长期担任这一民间文化交流组织的领导职务、倾尽毕生精力促进两国文化交流的全部原因。除频繁的社会活动之外，井上靖在中日两国友好交往、文化友好交流方面做出的最大贡献莫过于他穷尽一生、呕心沥血创作的那一篇篇、一部部以中国为题材或者素材来源，连通中日两国读者共同情感的历史小说。

与以往的文化景观不同的是，在全球化背景下，民族的、地域的、本土的文化将扬弃自身封闭的、保守的、僵化的、固执的状态，在向世界文化的开放与交流中，一方面促使世界文化健康发展并构建人类社会发展的共同氛围和文化机理，另一方面使自身得到修正、丰富与完善。正像有的学者所指出的那样，"未来世界人类文明发展的总趋势是'和平、发展与进步'，全球化既然已成为不可逆转的历史潮流，那么正确的策略是对其因势导利，使全球化朝着符合多数人的最大利益的方向发展"。井上靖的文学活动，尤其是他的一系列中国题材历史小说的创作，无不形象地证明了上述说法。

---

① 井上靖.井上靖西域小说选[M].耿金声，王庆江，译.乌鲁木齐：新疆人民出版社，1984：2.

第四节 井上靖小说蕴藏的悲剧美学

作为"战后派"作家，井上靖建构了一种新的小说创作模式——中间小说。所谓"中间小说"，是指兼具了纯文学的艺术性和通俗大众文学的易读性的文学形式。在井上靖创作的大量中间小说中，历史小说占据着重要地位，尤其以中国西域为背景的历史小说更是收获了巨大成功，可以说中国西域满足了井上靖奇幻瑰丽的文学想象。然而井上并不满足于纯粹的虚构性文学，而是将大量史实的元素融入了创作中，以《楼兰》《敦煌》为代表的西域小说便是二者结合的产物，因此井上又被视为一位具有学者气质的作家。由于井上靖前期的创作以诗歌为主，因此在后期的小说创作中，我们能体验到一种流动的诗意美。诗歌的音乐美、绘画美、建筑美，在井上的小说中得到了发展和延伸。日本评论家河盛好藏曾说："井上靖的诗是他小说的酵母，井上靖的小说是他诗的释义。"在井上靖的笔下，西域这个形象是其自然环境、地缘政治、宗教信仰和民族交往共同建构的，这里发生的故事，下到单个人物，上到整个民族，都打上了悲剧的烙印。悲剧性是井上靖历史小说的基调，也是他创作的一种审美取向。

这种悲剧性审美取向源于井上靖对西域历史的既定印象，也是他宿命论人生观的一种表达。当来自中国厚重的历史碰上日本的无常观，一系列悲凉的挽歌便被谱写出来。本节以井上靖西域历史小说为基础，通过分析作品中英雄人物和城池所体现出的悲剧性把握井上靖的美学思想。

一、英雄之悲

对英雄及其悲剧命运的描写是史诗和悲剧艺术创作中一个古老的主题。在荷马的《伊利亚特》中，希腊第一勇士阿喀琉斯战斗勇猛，多次使希腊军反败为胜，最后因与太阳神阿波罗交恶而被对方用箭射

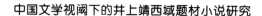

中脚踵而死。索福克勒斯的悲剧《俄狄浦斯王》成功塑造了俄狄浦斯这一弑父娶母、戳瞎双眼自我流放的悲剧英雄形象。在中国的古典名著《三国演义》《水浒传》中也有关羽、林冲这类极富悲剧色彩的历史人物。任何时代、任何民族都需要英雄，人类对英雄的崇敬从来没有停止过。井上靖也是一位具有英雄情怀的作家，他在西域小说中塑造了大量的英雄形象，如《异域人》中的班超、《洪水》中的索励、《狼灾记》中的陆沈康、《敦煌》中的朱王礼等。这些英雄人物所处时代跨度大、思想性格迥异，但在他们踏上西域土地的那一刻，荣耀和失意便都与这个地方紧紧联系在一起。

《异域人》是井上靖依据《后汉书·班超传》改编而成的，通过文学的加工还原了一位英雄悲壮的故事。小说中，班超为实现抱负，投笔从戎，带领 36 名随从西出玉门关，前往遥远的西域。凭借勇猛和智慧，班超驻守西域 30 多年，为汉室的发展扫除了外患。在这期间父兄等亲人相继离世，加之久久无法返回故土，使班超积郁颇深。当他终于回到洛阳时，已经 70 岁，街边孩童却视之为"胡人"。30 多年的异地生活使他变得更像一个老胡人，大漠的黄尘改变了他皮肤和眼睛的颜色，孤独的岁月夺走了他身上汉人固有的从容和稳健。回到洛阳不久班超就去世了。与《异域人》的纪实性不同，《狼灾记》和《洪水》则带有神秘的超自然色彩。

《狼灾记》描写了驻扎在阴山脚下的长城守卫军将领陆沈康击退匈奴人进攻后，在班师回朝的途中与一名卡雷女人结合变成狼并咬死自己昔日老友张安良的故事。陆沈康从人性到狼性的转变令人扼腕。

《洪水》这篇小说记叙了库姆河两次发洪水的故事。汉献帝末年，大将索励率领军队横渡库姆河时突发洪水，索励亲自上阵击退传说中的河怪，顺利渡河，并在对岸建立了屯田基地。当索励最终把匈奴驱赶到北方时，朝廷一纸诏书要求其回朝。历史再一次上演，凶猛的洪水阻断了归途，索励依旧率领将士们试图征服河怪，但水位持续上升，经过深思熟虑后将爱慕自己的亚夏族女子投进河里祭祀河神，然而丝毫不管用。"无数的恶鬼翻滚着，发疯似的朝自己逼近。索励右手握矛，在头顶挥动着，连人带马向高达一丈的浊流撞去。索励不见了。接着，跟随他的骆驼、马和士兵也都一个不留地消失得干干净净，只不过一眨眼的工夫。"这两篇小说将西域恶劣的自然环境描写得十分清楚，同时揭示了大自然的力量神秘而不可抗拒，它可以撕裂人性，也可以摧毁千军万马，人类企图要征服它就如蚍蜉撼树。

《敦煌》是井上靖最负盛名的西域历史小说，小说虚构了朱王礼这一人物，他本是一支西夏军队的一名汉族将领，后来发起反对李元昊的军事行动，结局以失败告终，长眠于西域的滚滚黄沙中。沙州的陷落预示着一个时代的结束，以及另一个时代的开启，巨大的荒凉感在那一刻呈现。在这些英雄人物身上，我们能感受到井上靖那种生命无常的人生观，即便是英雄也有摆脱不掉命运束缚的时刻，面对强大的自然力和宿命只能走向虚无的境地。

井上靖的历史小说对英雄人物悲剧命运的观照之所以能给读者带来强烈的审美体验，原因有二。其一是由于读者在阅读时会被这类悲剧性作品中人物的行为和遭遇所震撼，正如亚里士多德在《诗学》中所说的悲剧的功能是"引起怜悯与恐惧来使这种情感得到陶冶"。当人物的行为越激烈，或者所遭遇的不幸越惨烈，那么读者的感情也会随之而提升，甚至会在合上书本后久久无法从那种情绪中脱离出来。其二是西域特殊的自然地理环境赋予人物一种强烈的悲壮美。班超行走在上无飞鸟、下无走兽的黄沙之地，索励在库姆河的滚滚浊水中拔剑挥刀，陆沈康化为狼身游荡在冰天雪地，朱王礼倒在沙州城的战火中，这些都构成了一幅幅饱含张力的画面，在读者脑海中挥之不去。井上靖在刻画这些悲剧英雄时很冷静，没有激越的情感表达，没有复杂的悬念设置，他只是按照时间的演进客观地讲述一段历史故事。这丝毫不妨碍读者体验他作品中那种崇高的悲剧美。对此，王蒙先生曾评论道："井上靖的小说写得深沉、细腻，富有真实感，娓娓动人，同时他又写得相当平淡。不慌不忙、不露声色、不加夸张修饰、不玩弄任何技巧地表达出人生中许多撕裂人心肝的痛苦，作品中表达出一

种饱经沧桑的对历史、对社会、对人生的俯视，一种什么都告诉你的直截了当同时什么也没告诉你的彬彬有礼。"

二、城池之悲

据《汉书·西域传》的"序"记载："西域以孝武时始通，本三十六国，其后稍分至五十余，皆在匈奴之西，乌孙之南。南北有大山，中央有河，东西六千余里，南北千余里。东则接汉，厄以玉门、阳关，西则限以葱岭。"在这片广阔的土地上生活着鄯善（楼兰）、且末、于阗、莎车、龟兹、疏勒等游牧部落和城郭之国。东汉末年，西域各国之间不断兼并，至晋朝初年形成了鄯善、车师等几个大国并起的局面。在这些国家中，楼兰是最特别的一个，因为5世纪之后，楼兰古城便消失在漫漫黄沙中，直到20世纪初才被瑞典探险家斯文·赫定发现，这座尘封了1500年的古城复又出现在人们的视野中。井上靖的《楼兰》便是据此写就。从小说的字里行间，我们能感受到楼兰这个小国夹在汉匈两个大国之间生存的不易，经常受到强大民族的劫掠，甚至王子都被分别送给汉朝与匈奴作为人质。腹背受敌的楼兰最终选择了汉室作为依附的对象，做出了迁都鄯善的决定。对于生活在罗布泊畔的楼兰人来说，迁都是一个艰难的决定，因为罗布泊湖是他们的神，是他们的祖先，是他们的生息之本。井上靖是一个善于制造悲剧气氛的作家，他虚构了安归王后这一人物，并设置了她在迁都前一天自尽的情节，这无疑加大了楼兰人迁都的悲剧性色彩。年轻王后的原型是斯文·赫定在第二次楼兰考古挖掘中发现的一具女性木乃伊，因其华丽的衣着，被世人称为"楼兰女王"，井上靖通过大胆的文学想象赋予其鲜活的艺术生命。迁都鄯善后的楼兰人再也没有受到匈奴的侵扰，然而楼兰却成了回不去的精神故乡。448年，鄯善王被北魏打败，鄯善国成为北魏的郡县。至此，罗布泊、楼兰相继从历史上消失。然而，井上靖复活了楼兰，在他的笔下，楼兰的无奈、抗争和消失构筑了读者心中一座闪耀着悲壮之美的海市蜃楼。

在井上靖的历史小说中，除了楼兰这样的"城郭之国"被封印在历史的尘土里，其他一些弱小的城池也在战火中被毁灭。关于这些城池悲剧命运的故事，在小说《敦煌》中表现得尤为突出。《敦煌》的故事发生在河西走廊一带，自汉以降，这里一直是中原与西域沟通的前哨。张骞出使西域以后，汉武帝在这里设立了"河西四郡"，即武威郡、张掖郡、酒泉郡、敦煌郡。到了唐代，曾在凉州（今武威）设置河西节度使，后来被设于沙州的归义军节度使所取代。之后这一地区先后被吐蕃、回鹘所占，成为各方势力争夺之地。在《敦煌》中，井上靖虚构了赵行德这一宋仁宗时期落第举人的人物，先后经历了凉州、甘州、瓜州、沙州的陷落。我们从这个流亡汉人的视角见证了西夏王朝的崛起，也能感受到城池在战争中的不安与悲凉之感。城池的毁灭，战争的后果，最终都是由人民来承担。而在这个过程中，文化的破坏也是悲剧性的。在小说中，沙州被西夏军占领后，储藏着大量佛经的千佛洞一直处于疏于管理的状态，最后也被弃置。千佛洞前的三界寺也被驻军毁坏，成了一座荒寺。沙州一度成了悲剧的代名词。

在地图上看，楼兰、敦煌在中国西部广阔的版图上毫不起眼，却是两个具有重大意义的地方。井上靖独具慧眼，深挖历史，以这两座城池的际遇作为小说的主题，将人生的无常感扩大到城池，足见其对中国历史的熟谙和浓厚兴趣。当他悲天悯人的性格与西域的荒凉感融合在一起时，读者所感到的不仅是认知上的延伸还有审美上的愉悦。

以上从英雄之悲到城池之悲两个方面，剖析了井上靖小说中蕴含的悲剧美学。线性的历史叙述，简单的情节安排，单一的叙述视角，以及平淡的情感表达难免有点枯燥，但并不妨碍读者在阅读这些作品时的审美享受。可以说，井上靖通过中间小说的创作，用文学想象填补了一段历史的空白，给读者还原了一个悲凉的西域。虽然他在创作这些小说时并未到过西域，但是西域早已在他的心中。

第六章　井上靖与中国

第一节　井上靖作品在中国的译介

一、《核桃林》：井上靖作品在中国译介的开端

1962 年《世界文学》第 1、2 期合刊中刊登的《核桃林》是井上靖作品在中国译介的开端，之后整理了从 1963 年至 2002 年的 40 年里井上靖作品在中国大陆的翻译与出版情况，并按时间顺序列举了同一作品不同译本的出版信息。

井上靖第一部被译介到中国的作品，是《世界文学》1962 年第 1、2 期合刊上刊登的《核桃林》。《世界文学》作为介绍世界优秀文学的重要文学期刊，一直在第一时间介绍外国代表作家的作品，这种办刊宗旨在今天仍然没有改变。但是这并非等于《世界文学》在刊登外国作品译作之前，其作品没有以其他形式进入中国。

井上靖在日本成名于 1950 年，获得了第 22 届芥川文学奖。在 1962 年《世界文学》杂志刊登《核桃林》之前的 12 年间，正是井上靖小说创作的高峰期。这一时期因为中日关系等历史原因，日本作家的作品很难进入中国。但是，在 1955 年中日两国开始有意识地进行接触，在政治上尚未打开局面之前，文化层面的交流就显得非常重要。事实上，从 1955 年开始，日本文化界的访华代表团逐年增多，井上靖本人也是在这股"中国热"中于 1957 年实现了第一次访华之

旅。因此，在1962年《世界文学》刊登《核桃林》之前，井上靖的作品极有可能已经传到了中国，其中的一个例子就是1960年日本讲谈社出版的《敦煌》的影印本在中国的出现。

井上靖的《敦煌》初版单行本于1959年11月10日由讲谈社出版发行，1960年3月25日又发行了《敦煌》单行本的特制限定版。可见，当时中国虽然没有正式引进井上靖的作品，但他的作品应该以原文的形式传入了国内，加之当时中日两国开始推动与鉴真有关的一系列活动，井上靖描写鉴真东渡的小说《天平之甍》备受瞩目，那么他的其他小说，尤其是《敦煌》《楼兰》这些以中国历史为题材的小说更有机会进入国内。因此，在《核桃林》被译介之前，井上靖的一系列历史小说应该已经以这种影印本的方式进入了一部分公众的视野。

《核桃林》是井上靖第一部被引进中国正式翻译出版的作品。这部作品最初发表在《新潮》杂志1954年5月刊，后来被收录在1956年6月15日新潮社出版的短篇集《弃老》，是该短篇集收录的第一篇小说。1974年，新潮社出版的《井上靖小说全集》第10卷也收录了这篇小说。从时间上看，《核桃林》被译介到中国时的底本，或者是杂志《新潮》，或者是短篇集《弃老》，但按惯例应该是从短篇集《弃老》中的《核桃林》进行翻译的。

袁盛财在《井上靖在中国：译介与研究》中就译介《核桃林》的原因这样写道："这个短篇表现了一个把灵魂出卖给金钱的人的必然结局，从而揭示出资本主义社会对人性的扭曲与摧残。它所表现的思想在井上靖的创作中具有代表性，也符合当时社会主义国家的文化选择。"①袁盛财从读者的角度解释选择《核桃林》进行译介的原因，具有较强的说服力。

二、井上靖作品在中国的译介概况

1963年，楼适夷翻译的《天平之甍》由作家出版社出版，成为

---

① 袁盛财.井上靖在中国：译介与研究[J].新余学院学报，2001（3）：21.

井上靖作品在中国正式出版的第一个单行本。该译本与1963年前后举行的一系列纪念鉴真的活动有关。

1977年，唐月梅翻译的《井上靖小说选》由人民文学出版社出版，收录了《比良山的石榴花》《一名冒名画家的生涯》《核桃林》《弃老》4篇小说。上文提到的《核桃林》1963年的译本是梅韬翻译的，1983年上海译文出版社还出版了李思敬的译本，是日汉对照版本。

1978年12月，陈德文翻译的《天平之甍》历史剧单行本由江苏人民出版社出版。这本书后来添加了陈德文、张和平合译的同名话剧剧本和电影脚本，内附剧照。

1980年2月，楼适夷重译的《天平之甍》由人民文学出版社出版。

同年10月，文洁若等翻译的井上靖小说选集《夜声》由上海译文出版社出版，收录了《拳王》（吴绪筑译）、《汇合处》（梁传宝译）、《拦河坝的春天》（张嘉林译）、《往日的恩人》（文洁若译）、《初代权兵卫》（文洁若译）、《孤猿》（文洁若译）、《月圆之夜》（张嘉林译）、《某种朋友》（张嘉林译）、《夜声》（文洁若译）、《道路》（文洁若译）共10篇小说。

同月，辽宁人民出版社出版《日本当代短篇小说选》，李德纯作序，收录了德永直、安部公房、水上勉、井上靖等日本作家的作品。

1981年，文洁若编选的《日本当代小说选》由外国文学出版社出版，其中收录了唐月梅翻译的《一名冒名画家的生涯》，选取的是1977年人民文学出版社的《井上靖小说选》中的译本。

同年，漓江出版社出版了"漓江译丛"第一辑，收录了梁悦翻译的《猎枪》。

1981年还有一部译本值得关注。7月，井上靖的《苍狼》被翻译成蒙古文，蒙古文版《孛儿帖赤那》由民族出版社出版。"孛儿帖赤那"即为蒙古文"苍狼"之意。井上靖的小说被翻译成少数民族文字，是因为该小说的内容与蒙古族息息相关，也再次反映出井上靖小说在当时日本文学译介中的重要地位。

在这样的"井上靖热"的现象下，《日本文学》杂志在 1982 年第 2 期专设"井上靖特辑"，收录了《小磐梯》（缪群伟译）、《伊那的白梅》（林川译）、《胡姬》（莽永彬译）3 篇小说，《人生》《猎枪》《海边》《北国》《爱情》（均由黄圣力译）5 篇诗歌，以及《井上靖与井上文学》（李明非译）、《西域小说〈敦煌〉》（郭来舜译）2 篇评论。《日本文学》作为中国日本文学研究会的会刊，对读者和学者具有很大的引导作用。20 世纪 80 年代，《日本文学》还刊登了不少井上靖的随笔散文及中国学人的回忆性文章，虽然不是作品译介，但是也在一定程度上促进了井上靖文学作品在中国的传播。

井上靖的作品翻译后在杂志上发表，不属于译本，只能看作译作。《世界文学》最早是在 1962 年第 1、2 期合刊上刊登梅韬翻译的《核桃林》，1963 年第 4 期又刊登了楼适夷翻译的《天平之甍》第 5 章，1979 年第 3 期又刊登了李德纯翻译的《斗牛》。此外，《外国文艺》在 1981 年第 5 期刊登了楼适夷翻译《普陀洛伽下海记》，之后就是《日本文学》1982 年的特辑。

1982 年 4 月，由董学昌翻译、陈志泉校对的《敦煌》在山西人民出版社出版。《敦煌》是井上靖的代表作品，在日本早已家喻户晓，但是在中国的译本却直到此时才得以与读者见面，似乎在此之前，中国对井上靖的译介并不在于其西域小说，而更多关注他的现代小说，再者就是反映古代中日友好往来的《天平之甍》。直到 1980 年中日首次合作拍摄纪录片《丝绸之路》，引发了中日两国的"丝路热"与"敦煌热"，《敦煌》才能顺理成章地走入中国出版界的视野。虽然之后也出现了多种译本，但是作为《敦煌》在中国的第一部译本，董学昌的贡献值得铭记。

同年 8 月，漓江出版社出版"漓江译丛"第二辑，收录了井上靖的《沼中梦》（孙日明、曹阳译）。漓江出版社于 1980 年在桂林成立，非常关注译介井上靖的文学作品，这与中日友好之作《天平之甍》的故事发生在桂林有一定关系。在小说中，桂林是鉴真一行第 5 次渡日失败后，历尽千辛万苦到达的安顿之地。1979 年，电影《天平之甍》

在中国进行外景拍摄，是日本在中华人民共和国成立后第一部取得中国外景拍摄权的影片，也是1978年《中日和平友好条约》签订后开展的重要的文化交流活动。因此，漓江出版社在成立初期译介外国文学时，将井上靖作为主要译介对象，也就不难理解了。

1983年3月，高慧勤编选的《日本短篇小说选》由中国青年出版社出版，共收录23篇日本近现代文学作品，由李德纯翻译的井上靖的《斗牛》被选入其中。这本书收录作品的作者依次为幸田露伴、森欧外、樋口一叶、国木田独步、志贺直哉、有岛武郎、芥川龙之介、佐藤春夫、川端康成、黑岛传治、小林多喜二、野间宏、井上靖、田宫虎彦、德永直、开高健、有吉佐和子、水上勉、司马辽太郎、大冈升平、森村诚一、西村京太郎，这是按照日本近代文学发展的过程排列的，除推理小说家森村诚一有两篇作品入选，其他作家均为一篇。高慧勤先生是日本文学翻译与研究界的重要学者，曾任中国日本文学研究会会长，她的翻译水平也得到社会各界的高度评价。

同年4月，李思敬翻译的《核桃林（日汉对照本）》由上海译文出版社出版。

同年9月，陈奕国翻译的《北方的海》由湖南人民出版社出版。

1984年3月，周明翻译的《冰壁》由上海译文出版社出版。

同年6月，耿金声、王庆江合译的《井上靖西域小说选》由新疆人民出版社出版。这是20世纪80年代出版的最"厚重"的井上靖小说选，译自1979年讲谈社出版的《井上靖西域小说集》。原书共收录10篇小说，中译本只翻译了其中的6篇，分别为《漆胡樽》《异域人》《僧行贺的泪》《楼兰》《敦煌》《苍狼》，其余《天平之甍》《狼灾记》《洪水》和《风涛》未译。此外，冰心和井上靖的"序"也给这个译本增色不少。

1984年，《新蕾》杂志第5期（9—10月刊）为长篇小说专号，刊登了井上靖的《杨贵妃传》的中文译作。此外，《杨贵妃传》单行本出版，分别是陕西人民出版社出版的林怀秋的译本，以及百花文艺出版社出版的《新蕾》杂志译本。

1985 年 1 月，孙好轩、吴树文翻译的《寒冷的早晨：日本当代小说选》由春风文艺出版社出版，收录日本当代小说 21 篇，其中的井上靖作品为吴树文翻译的《猫带来的信》。

同年 3 月，包容翻译的《战国城砦群》由山西人民出版社出版。5 月，孙海涛翻译的《猎枪·斗牛》由湖南人民出版社出版。8 月，郭来舜译、戴燦之校的《西域小说集》由甘肃人民出版社出版，收录《敦煌》《洪水》《楼兰》《异域人》。

同年 8 月，文洁若、文学朴姐弟翻译的《海魂》在中国文联出版公司出版。这部美国题材的作品一直没有引起国内学界的关注，之所以进行翻译大概与当时的"出国热"有一定关系。

同年 10 月，陈德文翻译的《一代天骄》由湖南人民出版社出版，此为《苍狼》的第一部中文版译作单行本。同年，张利、晓明合译了《苍狼》，由内蒙古人民出版社出版。

同年，《杨贵妃传》又有两个译作单行本出版：一是周祺、周进堂、李鸿恩翻译，中州古籍出版社于 1985 年 8 月出版的译本；二是郝迟、颜廷超翻译，王琳德校对，黑龙江人民出版社于 1985 年 10 月出版的译本。

1986 年 4 月，龚益善翻译的《敦煌》由新华出版社出版，这是继董学昌译本后的第三个《敦煌》译本。8 月，吕立人翻译了井上靖的《流沙》，改名为《爱的奏鸣曲》由中国文联出版公司出版。

1987 年 2 月，冯朝阳翻译的《苍狼》由世界知识出版社出版。从 1985 年 10 月开始，接连出现了《苍狼》的 3 个中文译本，既反映了井上靖作品广受读者的喜爱，又体现出各出版社之间竞争的激烈。

同年 11 月，唐月梅翻译的《暗潮·射程》由外国文学出版社出版，这是继 1977 年《井上靖小说选》后，唐月梅翻译的第二本井上靖文学作品选集。在选材上，仍然是井上靖的现代题材小说。

1988 年 2 月，施元辉、孟慧娅合译的《红庄的悲剧》由法律出版社出版，收录了井上靖的《红庄的悲剧》、黑岩重吾的《香代之死》、松本清张的《跟踪》、草野唯雄的《复制的脸型》、笹泽佐保

的《海的请帖》、森村诚一的《V形手指》，这些作品都属于推理小说。奇怪的是，同月法律出版社还出版了《红庄的恶魔》，译者只有施元辉，所收作品中，井上靖作品的中译名为《红庄的恶魔》，另外还增加了一篇名为《"奇面城"的秘密》的小说。施元辉还写了《论日本推理小说》一文作为代序。

同年3月，赖育芳翻译的《永泰公主的项链》由作家出版社出版，收录井上靖的西域小说8篇，以探险、盗墓、考古等为题材，分别为《洪水》《昆仑玉》《圣人》《永泰公主的项链》《古代品治肯特》《古文字》《明妃曲》《塔二与弥三》。《永泰公主的项链》是井上靖依据访华时参观乾陵的经历，发挥自己的想象力创作的作品，是解读井上靖中国之旅与文学创作关系的重要作品。

同年10月，《苍狼》的哈萨克文译本《索尔贴赤郎》由新疆人民出版社出版，译者是巴德木加甫。哈萨克文译本的出版进一步体现了《苍狼》在中国的多语种与多民族性。

同年12月，林少华译的《情系明天》由北岳文艺出版社出版。这部小说是井上靖连载小说的代表作，与《冰壁》齐名。

1989年8月，罗兴典编译的《爱与孤独：日本恋情诗》由海峡文艺出版社出版，收录岛崎藤村、高村光太郎、井上靖等人的诗作，这本译诗集是井上靖诗歌在国内的最早译介，也是目前为止唯一一部译本。

1990年1月，仁章翻译的《四季雁书》由吉林人民出版社出版，原著由井上靖和池田大作合著，该译本是井上靖散文作品在中国的首次译介。

同年4月，郑民钦翻译的《孔子》由人民日报出版社出版。《孔子》是井上靖最后一部长篇历史小说，在连载期间，郑民钦就得到井上靖的许可，实现了小说中日文版本的同步连载。郑民钦的译作在《柳泉》杂志上发表，完结后形成单行本。

《孔子》是井上靖在发现身患食管癌后创作的作品，从一开始就被视为井上靖的绝笔之作，加之孔子这个中国题材，因此备受国内追捧，各大出版社纷纷推出译本。1991年，春风文艺出版社出版王玉玲等翻译的《孔子》。1992年，三秦出版社又推出林音、李青、雨辰、王小蒙四人合译的《孔子》。

1992年9月，包容翻译的《战国情侠》由北岳文艺出版社出版，原著名为《战国无赖》。

1993年12月，《苍狼》的维吾尔文译本《字儿帖赤那》由新疆人民出版社出版，译者为阿不都瓦·里木克依提。至此，《苍狼》的中译本拥有了3个汉语版本、1个蒙古语版本、1个哈萨克语版本和1个维吾尔语版本。

从1977年至1993年，井上靖的作品几乎每年都有新的译本出现，这也与当时大量译介外国文学作品有着密切的关系。这一时期，井上靖的作品得到了全面的译介，不仅有中国和西域题材小说，还包括其现代小说和诗歌。

1998年4月，安徽文艺出版社出版了郑民钦主编的《井上靖文集》（全3卷），收录了13篇小说作品。第1卷包括《楼兰》（郑民钦译）、《敦煌》（郑民钦译）、《孔子》（郑民钦译）；第2卷包括《天平之甍》（楼适夷译）、《苍狼》（陈德文译）、《异域之人》（郭来舜译）、《洪水》（郭来舜译）、《狼灾记》（郭来舜译），第3卷包括《斗牛》（李德纯译）、《猎枪》（竺家荣译）、《比良山的石榴花》（唐月梅译）、《一个冒名画家的生涯》（唐月梅译）、《冰壁》（竺祖慈译）。另外，每卷卷首还有主编郑民钦的评论文章，分别为第1卷的《井上靖文学的人间性》、第2卷的《文学孤独中的思索》、第3卷的《井上文学的原型本质》。第1卷卷首有井上靖夫人井上芙美的文章《致中国读者》与林林的序。该书的出版标志着井上靖文学作品的中国译介进入了全集译本的新阶段。

同年6月，安徽文艺出版社还出版了3部井上靖作品的单行本，分别为《孔子传》（郑民钦译）、《成吉思汗传》（陈德文译）与《杨贵妃传》（林怀秋译），成为系列丛书。郑民钦之前的《孔子》译本题目没有"传"字，这里为了与其他译本保持形式统一，加入"传"。《苍狼》被译作《成吉思汗传》应该也是因为这个原因。

2000 年 5 月，尹文智翻译的《孔子》由敦煌文艺出版社出版，至此《孔子》已有 4 个中译本。

2001 年 6 月，乔迁选编、译注的《考古纪游》由新世界出版社出版，这是井上靖游记散文诗在中国的第一次译介。

2002 年 6 月，井上靖的散文集《穗高的月亮》由河北教育出版社出版，译者为郑民钦。井上靖的散文类作品在这两年得到了一定程度的译介，但对井上靖卷帙浩繁的散文作品而言，收录其中的只能说是凤毛麟角。

同年 10 月，人民文学出版社出版"井上靖中国古代历史小说选"，共 3 卷，书名分别为《敦煌》《苍狼》《孔子》。这套小说选选取的都是之前发表过、深受好评的名家名译。《敦煌》卷的译者有董学昌、楼适夷、郭来舜、赖育芳，收录的作品较多，包括《敦煌》《天平之甍》《洪水》《楼兰》《异域之人》《狼灾记》《昆仑玉》《圣人》《永泰公主的项链》《明妃曲》《僧行贺的泪》《漆胡樽》《宦官中行说》《褒姒的一笑》；《苍狼》卷的译者为冯朝阳和赖育芳，收录了《苍狼》和《风涛》两部长篇小说；《孔子》卷的译者是包容、林怀秋，收录了《孔子》和《杨贵妃传》两部长篇，其中包容翻译的《孔子》是第 5 个中译本。

2008 年 7 月，许宁翻译的《风林火山》由重庆出版社出版。时隔 6 年，井上靖的作品再次得到译介。《风林火山》是井上靖创作的日本题材历史小说，在之前的译介中并不多见，只有《战国城砦群》和《战国情侠》，均为包容翻译。

2010 年，北京十月文艺出版社陆续出版了井上靖的中国题材历史小说，分别为《孔子》（刘慕沙译，2010 年 1 月）、《敦煌》（刘慕沙译，2010 年 10 月）和《楼兰》（赵峻译，2013 年 6 月）。其中，《孔子》和《敦煌》都是单行本，只有《楼兰》收录了《楼兰》《洪水》《异域人》《狼灾记》《罗刹女国》《僧伽罗国缘起》《宦官中行说》《褒姒的笑》《幽鬼》《补陀落渡海记》《小磬梯》《北方驿道》共 12 篇小说。

2013 年 1 月，南海出版公司出版了谢鲜声翻译的《天平之甍》。

同年 4 月，苏枕书翻译的《浪人》由时代文艺出版社出版。该作品属于井上靖的日本题材历史小说，使中国同题材的译本增至 4 种。

2014 年 1 月，子安翻译的《风林火山》由重庆出版社出版。2008 年该出版社已经出版过许宁的译本，此次为复译出版。同年 9 月，吴继文翻译的《我的母亲手记》由重庆出版社出版。该作品为井上靖的传记小说，其改编的电影于 2012 年由松竹映画制作上映。

三、井上靖作品在中国译介的特点

井上靖作品的中国译介从 1962 年的《核桃林》算起，至今已经过去了 58 年的时间。在将近一个甲子的时间里，其译介作品在时间、形式、题材等方面呈现出一些特点。

（一）20 世纪 80 年代是井上靖作品译介的集中期

从 1980 年到 1989 年，中国出现的井上靖的译介作品共 52 种，数量之多，比较罕见。如此大规模、重复地对井上靖的作品进行译介，一是与国家改革开放后的文化政策有关，文学类出版社都在争相引进外国作品；二是井上靖在 20 世纪 80 年代极大地促进了中日两国在文化方面的交流，成为中国各界熟悉的友好人士；三是井上靖的文学作品题材丰富，而且有许多中国题材的作品，因此井上靖作品的译介成为各出版社、杂志社的热门选题。

（二）译介形式不断更新

井上靖作品在中国的译介过程呈现出杂志刊登译作、出版译作单行本、出版作品选、出版作品全集等形式。

杂志刊登译作，最早的是《核桃林》（《世界文学》1962 年），之后有《天平之薨（第 5 章）》（《世界文学》1963 年）、《斗牛》（《世界文学》1979 年）、《普陀洛伽下海记》（《外国文艺》1981 年）、《井上靖特辑》（《日本文学》1982 年）、《再访扬州》（《日本文学》1984 年）、《河川之畔》（《日本文学》1985 年）、《死亡、爱情和海浪》（《外国文学大观》1988 年），主要也是集中在 20 世纪 80 年代。

译作单行本的出版数量颇多，而且常有复译本，仅按首译本和文种统计，共18种。前已罗列，不再赘述。

出版作品选集有利于被广大读者熟知与喜爱。井上靖在中国出版的第一部门作品选集，是1977年出版的唐月梅翻译的《井上靖小说选》。此外，还有2002年人民文学出版社出版的《井上靖中国古代历史小说选》。

严格意义上的井上靖作品全集，只有郑民钦主编的《井上靖文集》（安徽文艺出版社，1998年），收录了13篇井上靖最有代表性的小说。同时，主编郑民钦的3篇评论性文章，使其区别于其他译本。

（三）题材丰富多样

井上靖是日本文豪，作品非常丰富，体裁多种多样，小说、散文、诗歌、戏剧在井上靖的创作生涯中都有涉猎。中国对其作品的译介以小说为主，但也没有完全忽视其他体裁的介绍与翻译。

在题材上，不仅有中国题材、中国西域题材的历史小说，也有其他题材的现代小说。此外，还有美国题材的《海魂》，日本题材的《战国城砦群》《战国情侠》《风林火山》，印度题材的《罗刹女国》《僧伽罗国缘起》等。

相比小说的译介，诗歌和散文的译介显得非常滞后。诗歌作品的译本只有罗兴典编译的《爱与孤独——日本恋情诗》（海峡文艺出版社，1989年）中收录的几首。散文作品的译本也很少，仅有《四季雁书》（吉林人民出版社，1990年）、《考古纪游》（新世界出版社，2001年）和《穗高的月亮》（河北教育出版社，2002年）。

（四）复译本众多

井上靖的作品在中国的译介还有一个特点是复译本众多，尤其在20世纪80年代，在同一年内出现几种平行译本或同一出版社出版多种复译本的现象比比皆是，是井上靖作品译介研究的重要课题。

关于井上靖的作品在中国的译介情况，还有许多可以深入探讨与研究之处。可以肯定的是，井上靖作品的译介是中华人民共和国成立以来日本文学译介中的重要部分，它的发展与变化体现了中日文化交流及政治关系的演变，反映了不同时代读者的需求。

第二节　井上靖与中日文化交流

一、中日联合制作的纪录片《丝绸之路》

1980年，中日合拍的首部纪录片《丝绸之路》在日本NHK特辑节目中播出，反响甚广。《丝绸之路》在日本的收视率曾一度达到35%，打破了当时科教类节目的收视纪录。NHK将其评为"最佳电视节目"，第五集《探秘楼兰王国》还获得了日本文部省颁发的日本电影电视艺术节优秀奖。《丝绸之路》系列纪录片成为20世纪80年代日本观众探索中国文化的窗口，并在日本掀起了一股"丝绸之路热"。

实际上，日本摄制团队对《丝绸之路》系列纪录片的筹备工作早在1974年便开始了。1978年，中日两国签订《中日和平友好条约》，中日外交关系自此跨入新时代，两国在政治、经济、文化、科技等各个领域均有密切往来。NHK于1979年4月再次对CCTV发出联合摄制的邀请，随后双方签署了《关于联合摄制电视节目〈丝绸之路〉协定书》，至此中日双方共同出资并联合拍摄的大型电视系列纪录片《丝绸之路》正式被提上日程。

NHK《丝绸之路》摄制组是中华人民共和国成立后首个踏入中国境内进行拍摄的外国官方媒体。时值中日外交的"蜜月期"，日本民众对于自己的"文化母国"中国抱有极其强烈的兴趣。揭开丝绸之路神秘的面纱，探寻大和民族的文化根源成为日本摄制组此行的主要目的。对当时大部分的日本人来说，新闻和纪录片是了解中国的主要渠道，NHK又是日本成立最早、影响最大的公立媒体，因此由其拍摄的《丝绸之路》在日本备受好评。从这个意义上讲，《丝绸之路》系列纪录片相当于带领日本观众来到茫茫戈壁上完成了一次"寻根"之旅。

中日联合摄制团队从中国西安出发，重走丝绸之路，途经敦煌、和田、吐鲁番等地区，抵达中巴国界，一路回顾丝绸之路的历史，同

时记录丝路沿途人民的现代生活风貌。摄制团队的成员当中不乏考古学、历史学专业的科研人员，他们成为中国境内丝绸之路探索的先驱者。这次旅行成就了许多重大考古发现，对中国，乃至世界历史学研究产生了深远影响，因此这次联合拍摄也称得上是丝绸之路的发现之旅。

同时，这也是中国电视领域第一次进行国际合作。这次中日同走丝绸之路对于中国电视从业者来说，也是一次学习之旅。

因此，此次中日联合摄制的活动意义非凡，它对中国丝绸之路的研究、中国西部地区历史文化研究，以及中日两国外交关系的研究都有极高的价值。

二、中日友好关系的代表人物

井上靖以中国为题材的作品及深厚的中国情结为中国读者所熟知。他曾 27 次到访中国，并不止一次担任日本作家代表团的团长。

1963 年，为参加纪念鉴真和尚圆寂 1200 周年活动，井上靖以日本文化界代表团成员的身份第三次访华，与郭沫若等中国文化界人士进行了交流。

如前文提到的，井上靖与中国文化界人士也保持了深厚的友谊。他与巴金、冰心的友谊持续了数十年。在冰心收藏的图书中，井上靖先生的赠书是最多的。冰心还曾为《井上靖西域小说选》作序，并给他的小说给予高度评价："我感谢井上先生，他使我更加体会到我们的国土之辽阔，我国历史之悠久，我国文化之优美。他是中国人民最好的朋友。他在中日文化之间，架起了一座美丽的虹桥，我向他致敬！" 1961 年，巴金到日本参加会议，认识了井上靖先生，从此开始了两人 30 年的友谊。巴金在《答井上靖先生》一文中回忆当年的情景说："在那个寒冷的夜晚，您的庭院中积雪未化，我们在楼上您的书房里，畅谈中日两国人民间的文化交流。我捧着几册您的大作告辞出门，友情使我忘记了春寒，我多么高兴结识了这样一位朋友。那个时候中日两国间没有建交，我们访问贵国到处遇见阻力，仿佛在荆棘丛中行路，前进一步就有很大的困难。但是在泥泞的道路上，处处有援助的手伸向我们。在日本人民中间我们找到了共同的语言。"

　　井上靖是一位特殊的作家，也是一位幸运的作家。

　　说他特殊，是因为井上靖的名气与才情虽然没有日本近代知名作家夏目漱石、川端康成、芥川龙之介等那般备受瞩目，但是在中国却有一定的研究氛围。记得 2012 年中国日本文学研究会第 13 届年会的主题就是"西域·遥远的回响——井上靖与中国"，日本井上靖研究会会长传马义澄、研究者高木伸幸、井上靖的长子井上修一等一批日本学者也来参会，看到中国有如此众多的高校教师与学者在阅读与研究井上靖，都不由得大吃一惊。不知是不是从那时候开始，每届中国日本文学研究会年会，总有一个分会是集中讨论井上靖文学的。

　　说他幸运，是因为井上靖及其文学作品来到中国，并被中国各界所接受，是与 20 世纪 60 年代的中日关系密切相关，其起点就是描写鉴真东渡的长篇历史小说《天平之甍》。简单地说，《天平之甍》切合了中日两国政府出于恢复战后关系的需要，引发了一系列鉴真纪念活动，井上靖也在这个过程中被中国政府接受，并成为中日友好的使者。这种形象在后来不断被强化，并被赋予新的内涵，小说《敦煌》不只在日本，在中国也掀起了"敦煌热""丝绸之路热"。井上修一在谈及父亲受到中国学者关注的原因时也承认，中国人喜欢井上靖，是因为他发现了中国人之前没有发现的浪漫的敦煌。

　　20 世纪 80 年代，井上靖的作品被大量译介到中国，随之而来的是大量的评论，仅与《天平之甍》有关的就有《文化交流有耿光——读井上靖先生的〈天平之甍〉》《友好交往 源远流长——读日本小说〈天平之甍〉》《中日文化交流的颂歌——读井上靖的〈天平之甍〉》等多篇，从题目就可以看出当时中国的文学界是如何解读《天平之甍》、如何看待井上靖的。在日本近现代文学史上，能如此受到中国人民爱戴的日本作家，除了小林多喜二恐怕就是井上靖了。

　　总而言之，井上靖是一个真正超越了民族和国界的跨文化传播者，一个把中国历史作为其写作坐标的日本当代著名作家，他的人生

阅历非常丰富，同时还具有敏锐的洞察力，正因为如此，他的作品才能深受读者喜欢。井上靖的一生与中国文化紧密相连，从学生时代对中国文化的向往，到作家时期汲取中国历史、文化的营养，后来他又作为日中文化交流协会会长多次访问中国，井上靖是真心热爱中国文化，并且努力传播和推广中国文化的。

井上靖作为日本人受到了日本传统文化的熏陶，但他从小又对中国历史、文化非常感兴趣，因此他作为中国文化的"他者"，能提出很多独到的见解，以双重视角来审视中国文化。井上靖从文学创作之初到后来担任日中文化交流协会的会长，他的一生都在从事中日友好交流的活动，尤其是通过其所创作的历史小说中对中国文化的书写，具体地向广大读者展示了他对中国文化的创见。随着中日文化交流不断深入，井上靖想亲自看看他笔下的中国，他多次前往罗布泊等地参观和考察了《异域人》《楼兰》《敦煌》等历史小说的故事发生地。

井上靖没有随波逐流，而是正视中国文化是日本文化的传播母体，他渴望、向往中国文化，其实也是被中国文化中的"仁义"所感动。中国文化的对外辐射都是以和平的方式进行的，这也体现出井上靖本人对和平的向往。

如今，中国的经济、文化正在高速发展，一个强大友好的中国正在和平崛起。作为20世纪的日本作家，井上靖以一个外来人的角度对中国文化进行书写，他笔下的中国文化是有容乃大的文化，是和平的文化、友好的文化。井上靖用其卓越的笔锋为读者勾画出了一幅幅壮丽的中国历史与文化的精美画卷。

参考文献

［1］叶渭渠，唐月梅.日本文学史［M］.北京：经济日报出版社，2000.

［2］叶渭渠，唐月梅.物哀与幽玄：日本人的美意识［M］.桂林：广西师范大学出版社，2002.

［3］井上靖.敦煌［M］.刘慕沙，译.北京：北京十月文艺出版社，2010.

［4］亚理斯多德.诗学［M］.罗念生，译.北京：人民文学出版社，2002.

［5］井上靖.永泰公主的项链［M］赖育芳，译.北京：作家出版社，1988.

［6］克林斯·布鲁克斯，罗伯特·潘·华伦.小说鉴赏［M］.主万，译.北京：中国青年出版社，1986.

［7］西格蒙德·弗洛伊德.弗洛伊德论美文选［M］.张唤民，陈伟奇，译.北京：知识出版社，1987.

［8］特雷·伊格尔顿.二十世纪西方文学理论［M］.伍晓明，译.西安：陕西师范大学出版，1987.

［9］贝拉.德川宗教：现代日本的文化渊源［M］.王晓山，戴茸，译.北京：生活·读书·新知三联书店，1998.

［10］实藤惠秀.中国人留学日本史［M］.谭汝谦，林启彦，译.北京：生活·读书·新知三联书店，1983.

［11］铃木大拙，等.禅与艺术［M］.徐进夫，译.哈尔滨：北方文艺出版社，1988.

［12］铃木修次.中国文学与日本文学［M］.吉林大学日本研究所文学研究室，译.福州：海峡文艺出版社，1989.

［13］井上靖，东山魁夷，梅原猛，等.日本人与日本文化［M］.周世荣，译.北京：中国社会科学出版社，1991.

［14］周发祥.中外比较文学译文集［M］.北京：中国文联出版公司，1988.

［15］匡亚明.孔子评传［M］.南京：南京大学出版社，1990.

［16］欧梅希克.蒙古苍狼：世人最崇敬的蒙古之王：成吉思汗［M］.王柔惠，译.桂林：广西师范大学出版社，2006.

［17］杰克·威泽弗德.成吉思汗与今日世界之形成［M］.温海清，姚建根，译.重庆：重庆出版社，2006.

［18］李德纯.战后日本文学［M］.沈阳：辽宁人民出版社，1988.

［19］王向远.源头活水：日本当代历史小说与中国历史文化［M］.银川：宁夏人民出版社，2006.

［20］王向远.中日现代文学比较论［M］.长沙：湖南教育出版社，1998.

［21］何德功.中日启蒙文学论［M］.上海：东方出版社，1995.

［22］谢志宇.20 世纪日本文学史：以小说为中心［M］.杭州：浙江大学出版社，2005.

［23］高鹏飞，平山崇.日本文学史［M］苏州：苏州大学出版社，2011.

［24］叶渭渠.日本文学思潮史［M］.北京：经济日报出版社，1997.

［25］伍晓明.吾道一以贯之：重读孔子［M］.北京：北京大学出版社，2003.

［26］杨朝明，修建军.孔子与孔门弟子研究［M］.济南：齐鲁书社，2004.

［27］董炳月."国民作家"的立场：中日现代文学关系研究［M］.北京：生活·读书·新知三联书店，2006.

［28］吴秀明.历史小说评论选［M］.长沙：湖南人民出版社，1983.

［29］张隆溪，温儒敏.比较文学论文集［M］.北京：北京大学出版社，
　　　1984.

［30］周英雄.比较文学与小说诠释［M］.北京：北京大学出版社，
　　　1990.

［31］王安忆.纪实和虚构［M］.北京：人民文学出版社，1993.

［32］陈平原.中国小说叙事模式的转变［M］.北京：北京大学出版社，
　　　2003.

［33］施津菊.中国当代文学的死亡叙事与审美［M］.北京：中国社会
　　　科学出版社，2007.

［34］王青.西域文化影响下的中古小说［M］.北京：中国社会科学出
　　　版社，2006.

［35］马振方.在历史与虚构之间［M］.北京：北京大学出版社，
　　　2006.

［36］张德礼.二月河历史叙事的文化审美建构［M］.北京：人民出版
　　　社，2005.

［37］井上靖.西域物语［M］.东京：新潮社，1977.

［38］钱谷融，鲁枢元.文学心理学［M］.上海：华东师范大学出版社，
　　　2003.

［39］叶琳.超越“私小说”“脱政性”和“中心文化”：论大江文学的
　　　审美创造［J］.当代外国文学，2012（4）.

［40］牟学苑，胡波.井上靖的新疆旅行与新疆游记［J］.石河子大学
　　　学报：哲学社会科学版，2019（3）.

［41］刘明月.对井上靖作品的认识［J］.报刊荟萃，2017（5）.

［42］韦红骆.井上靖的历史小说《敦煌》研究述评［J］.文存阅刊，
　　　2020（6）.

［43］张若愚.井上靖笔下的孔子形象分析［J］.速读（中旬），2018(5).

［44］陈喜儒.巴金与井上靖的友情［J］.作家，2015（4）.

［45］李玲.井上靖小说中的中国西部想象［J］.名作欣赏，2017（3）.